청산행

이기철 시선

청산행

오늘의 시인 총서

15

민음사

제1부 멱라의 길

차례

제3부 푸른 날들을 위하여

제4부 옛날의 금잔디

차례
_____

제 1 부

멱라의 길

青山行

손 흔들고 떠나갈 미련은 없다
며칠째 靑山에 와 발을 푸니
흐리던 산길이 잘 보인다.
상수리 열매를 주우며 人家를 내려다보고
쓰다 둔 편지 구절과 버린 칫솔을 생각한다.
南方으로 가다 길을 놓치고
두어 번 허우적거리는 여울물
산 아래는 때까치들이 몰려와
모든 野性을 버리고 들 가운데 순결해진다.
길을 가다가 자주 뒤를 돌아보게 하는
서른 번 다져 두고 서른 번 포기했던 관습들
서쪽 마을을 바라보면 나무들의 잔숨결처럼
가늘게 흩어지는 저녁 연기가
한 가정의 고민의 양식으로 피어 오르고
生木 울타리엔 들거미줄
맨살 비비는 돌들과 함께 누워
실로 이 세상을 앓아 보지 않은 것들과 함께
잠들고 싶다.

정신의 열대

내 정신의 열대, 먹라'를 건너가면
거기 슬플 것 다 슬퍼해 본 사람들이
고통을 씻어 햇볕에 널어 두고
쌀 씻어 밥 짓는 마을 있으리
더러 초록을 입에 넣으며 초록만큼 푸르러지는
사람들 살고 있으리
그들이 봄 강물처럼 싱싱하게 묻는 안부 내 들을 수
있으리

오늘 아침 배춧잎처럼 빛나던 靑衣를 물고
날아간 새들이여
네가 부리로 물고 가 짓는 삭정이집 아니라도
사람이 사는 집들
南으로만 흘러내리는 추녀들이
지붕 끝에 놀을 받아 따뜻하고
오래 아픈 사람들이 병을 이기고 일어나는
아이 울음처럼 신선한 뜨락 있으리

저녁의 고전적인 옷을 벗기고

처녀의 발등 같은 흰 물결 위에
살아서 깊어지는 노래 한 구절 보탤 수 있으리
오래 고통을 잠재우던 이불 소리와
아플 것 다 아파 본 사람들의 마음 불러모아
고로쇠 숲에서 우는 청호반새의 노래를
인간이 가진 가장 아름다운 말로 번역할 수 있으리

내 정신의 열대, 멱라를 건너가면

* 멱라 : 중국 호남성에 있는 강. 중국 서정시의 효시인 『楚辭』
  를 시작한 전국 시대 초나라의 굴원이 주위의 참소로 분함을
  못 이겨 빠져 죽은 강으로 유명함. 여기서는 내 정신의 강으
  로 은유됨.

멱라의 길 1

걸어가면 지상의 어디에 멱라가 흐르고 있을 것인데
나는 갈 수 없네, 산 첩첩 물 중중
사람이 수자리 보고 짐승의 눈빛 번개 쳐
갈 수 없네
구강 장강 물 굽이치나 아직 언덕 무너뜨리지 않고
낙타를 탄 상인들은 욕망만큼 수심도 깊어
이 물가에 사금파리 같은 꿈을 묻었다
어디서 離騷¹ 한 가닥 바람에 불려 오면
내 지상에서 얻은 病 모두 쓸어 저 강물에 띄우겠네

발목이 시도록 걸어가는 나날은
차라리 삶의 보석을 갈무리한다고
상강으로 드는 물들이 뒤를 돌아보며 주절대지만
문득 신발에 묻은 흙을 보며 멱라의 길이 꿈 밖에 있
음을 깨닫고
혼자 피었다 지는 꽃 한 송이에 눈 닿는 것도
이승의 인연이라 생각한다

일생이 아름다워서 아름다운 사람은 없다

일생이 勞役과 상처 아문 자리로 얼룩져 있어도
상처를 길들이는 마음 고와서 아름다운 사람은 있다
때로 삶은 우리의 걸음을 비뚤어지게 하고
毒 묻은 역설을 아름답게 하지만
멱라 흐르는 물빛이 죽음마저도 되돌려주지는 못한다
아무도 걸어온 제 발자국 헤아린 자 없어도
발자국 뒤에 남은 혈흔 쌓여
한 해가 되고 일생이 된다

* 이소 : 시름을 만난다는 뜻으로 굴원이 멱라에 빠져 죽을 결
  심을 하기까지의 시름을 적은 장시.

멱라의 길 2

멱라의 길을 찾아 헤맨 삼백의 밤이 나의 채찍이 된다
멱라는 삼천 년 전 楚에 있지 않고
돌팔매도 닿지 않는 내 마음 허공에 강물로 남아 있다
걸어도 걸어도 먼지 쌓인 길
금강 지나면 낙동강 상류
남쪽으로 처마 기울인 우리나라 집들
상수리 잎이 빼앗아간 아침 햇살을
푸른 들길이 내게 돌려주지 않는다

어느 별에서 떨어져 나온 운석이 千山 너머
내 지친 몸의 침실을 마련하지 않아
自轉의 낮과 밤이 상추잎 같은 소년을 늙게 한다
아이의 얼굴을 한 초록이 이슬 속에 내 얼굴을
담아두는 오전은 아름답다

내 구두와 모직 옷들은 못과 나사로 조립한 도시처럼
낡고 헐어
머리카락 하나 바람에 불려 날아간 영원의 끝으로
내 몸을 옮겨 놓지 못한다

수저로 퍼 올리는 슬픔이 생의 완성을 위해 길어 올리는 糧食이라면
　나는 천년 흘러도 마르지 않는 멱라의 물을 길어
　생애의 독에 붓겠다

　이 지상에 무한한 서쪽은 없어 급히 달리던 산맥은 바다에서 멎고
　마음의 편서풍은 멱라를 데리고
　저 혼자 지구의 끝을 가고 있다
　마음의 멱라여, 나는 아직 얼마나 더 아파야
　영원의 끝을 만질 수 있나

熱河를 향하여 1

趾源은 하룻밤에 아홉의 강을 건너
거친 모래 땅 열하에 도달했다지만
나는 아홉 밤을 불면으로 지새워도 한 개의 강을 건너
지 못했다
마음 덮으면 없는 강이 마음 밝히면 열의 강으로 소리
를 높인다

숱 많은 머리카락 날리며 바람은 어디로 불어 가는가
메마른 계절일수록 마음은 불타 올라
쓰라린 시대에는 쓰라린 정신만 남는다

참말 뜨겁게 살아 보리라
마음 다지면 맨살의 모래는 끓어오르지만
다가서면 열하는 마음 밖 백리에 피안으로 누워 있다

아직도 멀었느냐, 아픈 발 내리고 내 몸 잠시 쉬일 곳
은,
내 발 디뎌 참새 발자국만한 흔적 남길 수 없는 땅 위에
낙타의 발을 이끌고 오늘도 고삐를 죄는 세월이여

어제 상수리나무 아래 쉬던 사람들
오늘은 꿈이 어지러운 그들의 적막 위에 잠들었느냐
어제 아프던 사람들, 오늘 새살 돋은 발을 이끌고
고원을 건넜느냐

바라보면 눈물 겨운 것들 너무 많아
내 작은 가슴으로 그것들의 아픈 꿈 다 끌어안을 수
없지만
눈물의 값짐을 아는 자만이 사랑의 귀함도 알 수 있다

가자, 날 저물면 처마 아래 들고 날 밝으면 모래밭을
걸어
슬프고 작은 것 불러모아 그들의 등 다독이며 가자
고독도 손잡으면 친구이리니
마음의 거친 물결 재우며 가자

熱河를 향하여 2

北學이여, 實事求是여
연암은 中原에서 지는 달과 뜨는 해를 보았지만
열하는 중원에 있지 않고 내 마음 불타는 고원에 있다
내 뜨거워 가까이 가지 못했던 열망
환약처럼 나를 끓게 했던 갈구의 날들이
내 걸어갈 길들을 사막으로 열어 놓았다

熱沙여, 말라 버릴 수 없는 정신의 정점이여
걸어가면 물푸레잎 푸르게 날리는 江岸도 만나지만
아직도 내 발 쉬일 곳, 旅舍는 멀다

고비는 몽고 말로 황무지라는데
어느 초록의 둔덕에 서면 마음의 고비가 사라지겠느냐
羊毛를 흔드는 바람 속에 서면 내 마음 반 너머 즐겁겠느냐
밀 이삭 수수 이삭 절 받으면
나를 떠난 시간들은 안녕하겠느냐

출렁이지 않으면 강이 아니듯이

출렁이지 않으면 마음이 아니다
얼마나 뜨거우면 모래가 변해 금이 되느냐
내 마음의 모래도 어느 가문 날
사막을 걷는 사람의 가슴에 금이 되어 박히겠느냐

生의 노래

움 돋는 나무들은 나를 황홀하게 한다
흙 속에서 초록이 돋아나는 걸 보면 경건해진다
삭은 처마 아래 내일 시집 갈 처녀가 신부의 꿈을 꾸고
녹슨 대문 안에 햇빛처럼 밝은 아이가 잠에서 깨어난다

사람의 이름과 함께 생애를 살고
풀잎의 이름으로 시를 쓴다
세상의 것 다 녹슬었다고 핍박하는 것 아직 이르다
어느 산 기슭에 샘물이 솟고
들판 가운데 풀꽃이 씨를 익힌다

절망을 두려워하는 사람들이
지레 절망을 노래하지만
누구나 마음 속에 꽃잎 하나씩은 지니고 산다
근심이 비단이 되는 하루, 상처가 보석이 되는 한 해
를 노래할 수 있다면
햇살의 은실 풀어 내 아는 사람들에게
금박 입혀 보내고 싶다

내 열 줄 시가 아니면 무슨 말로
손수건만한 생애가 소중함을 노래하리
초록에서 숨쉬고 순금의 햇빛에서 일하는
생의 향기를 흰 종이 위에 조심히 쓰며

地上의 길

얼마를 더 살면 여름을 떼어다가 가을에 붙여도
아프지 않은 흰구름 같은 무심을 배우랴
내 잠시 눈빛 주면 웃는 꽃들과
잠 깨어 이마 빛내는 돌들 곁에서
지금은 햇빛이 댕기보다 곱던 꽃들을 데리고 어둠 속
으로 돌아가는 시간
絶緣의 아름다움을 나는 여기서 본다

짐을 내려놓아라, 이제 물의 몸이 잠시 쉬어야 한다
나를 따라오느라 발이여 너 고생했다
내일 나는 너에게 새 구두를 사 주지 않으리
너는 내 육신의 명령을 거역한 일 없으므로

그러나 나는 가야 한다, 한 번의 가을도 거짓으로 꽃
피운 일 없는 들을 지나
작은 물줄기가 흐름을 시작하는 산을 지나
아직도 정신의 열대인 내 가혹한 시간 속으로
나는 가야 한다

내 발 닿은 길 지상의 한 뼘밖에 안 돼
배추벌레 기어간 葉脈에 불과해도
내 불러야 할 즈믄 개의 이름들과 목숨들을 위해
藥든 가슴으로 가야 한다

얼마를 더 가면 제 잎을 잘라 가슴에 꽂아도
소리하지 않는 풀들의 무심을 배우랴

마음 속 푸른 이름

아직 이르구나
내 이 지상의 햇빛, 지상의 바람 녹슬었다고 슬퍼하는
것은,
아직 이르구나, 내 사람들의 마음 모두
잿빛이 되었다고 탄식하는 것은

수평으로 나는 흰 새의 날개에 내려앉는
저 모본단 같은 구름장과
우단 같은 바람 앞에 제 키를 세우는 상수리나무들
꿈꾸는 유리 강물, 햇볕 한 움큼씩 베어 문 나생이 잎
새들
마음 열고 바라보면 아직도 이 세상 늙지 않아
외출할 때 돌아와 부를 노래만은
언제나 문고리에 매어 둔다

이제 조그맣게 속삭여도 되리라
내일 아침에는 이 봄에 못 피었던 수제비꽃 한 송이
길 옆에 피고
수제비꽃 옆에 어제까지 없던 우체국이 하나

새로 지어질 것이라고,
내 귓속말로 전해도 되리라
오늘 태어나는 아이가 내일 아침에는 주홍신을 신고
마음 속 가장 따뜻한 말을 싸서 부치러
우체국으로 갈 것이라고

밥상

산 자들이여, 이 세상 소리 가운데
밥상 위에 놓이는 수저 소리보다 아름다운 것 또 있겠
는가

아침마다 사람들은 문 밖에서 깨어나
풀잎들에게 맡겨 둔 햇볕을 되찾아 오지만
이미 초록이 마셔 버린 오전의 햇살을 빼앗을 수 없어
아낙들은 끼니마다 도마 위에 풀뿌리를 자른다

靑果 시장에 쏟아진 여름이 다발로 묶여 와
풋나물 무치는 주부들의 손에서 베어지는 여름
採根의 저 아름다운 살생으로 사람들은 오늘도
저녁으로 걸어가고
푸른 시금치 몇 잎으로 싱싱해진 밤을
아이들 이름 불러 처마 아래 누인다

아무것도 탓하지 않고 전신을 내려놓는 빗방울처럼
주홍빛 가슴을 지닌 사람에게는 未完이 슬픔이 될 수
없다

산 자들이여, 이 세상 소리 가운데
밥솥에 물 끓는 소리보다 아름다운 것 또 있겠는가

정신의 처녀림

내 한끼 식사의 가혹한 유혹을 버리면
거기 길들이지 않아도 유순한 내 정신의 처녀림을 만
날 수 있으리
아무리 헐고 뜯어도 뼈 드러내지 않는 갈망들이
어린 날 우리의 맨살에 부딪치던 강물처럼
유년의 식욕을 돋우며 자라고 있으리

나생이 옥잠 같은 것, 모두 살고 싶은 욕망으로
잎새를 반짝이고
저들끼리 은어로 부르는 소리, 사운대며 우리 옷깃 스
칠 때
그리운 것들이란 항상 목마름의 뒤로 와서
生意의 꽃잎으로 잠을 털고 일어나리

삶의 이름으로 부르는 晉色은 언제나 兒名처럼 낮고
친근해
발목이 아프도록 걸어가지 않으면 닿을 수 없는 삶이
라도
삶의 이름 앞에 우리는 경건하다

아직 한번도 문자로 기록된 적 없는 산의 슬기와
呼名되지 않은 들판 가운데 선인장처럼 가시 세운 밤들을,
그 풋풋한 야만의 의식 앞에 드리는 목례를
삶이라는 찬사 외엔 내 부를 이름 없다

캄캄한 흙 속에 서식하는 씨앗의 인력처럼
불빛으로는 닿을 수 없는 어둠의 肉質을 칼로 베면
칼날에 묻어나는 숨 가쁜 생명의 과육들
나는 길들지 않은 언어로 그를 노래하고 싶다

이제 헐린 집은 다시 세워지고 꺼진 아궁이의 불빛 다시 살아나
저 인간과 자연의 혼연의 합창 들으러
나는 문명에서 떨어져 나간 만리 이역,
맨발 아니면 닿을 수 없는 정신의 처녀림으로 가야 하리

순금의 나날

내 몸은 가벼워 하늘 뜨는 한 점 새의 깃털에 불과해도
오늘 한때 내 몸을 때리며 지나간 바람은
어느 산맥에 묻혀 金이 될 것이다

강을 건너며 떠올렸던 이름, 강 지나면 잊어 버려도
내 걸어온 발자국의 온기 비둘기 되어 하늘로 날아오
르는 날 기다린다
깨어질수록 반짝이는 유리처럼
내 정신 깨어져 파편으로 이 어둔 삶 밝힐 수는 없
을까

푸른 들판 바라보면 아직 안 잊힌 풀꽃 이름 많고
등불 켜진 마을 바라보면 아직 불러 볼 이름 넉넉하다
햇빛 밝은 날 기다려 그 이름 앞에
병을 이기고 일어나는 꿈 한 자락 소포로 싸서 부친다

돌에 새겨진 이름처럼
내 이 세상을 향해 던지는 말 한마디
너는 살[矢]이 되지 말고 추운 사람 가슴 데우는

외투가 되어라
저문 날 흰 새의 날개가 어두어질 때
어느 날 내 지친 발이 한 그루 사과나무 아래 쉬고 있
을 때

불행도 더러 이웃이 되어

나는 불행을 감금시킬 빗장이 없다
불행은 오래 산 내 몸을 만나면
여름 벌레처럼 날개 치며 잉잉댄다

배춧잎과 쌀의 혼숙인 나의 살
이불을 덮어 주어도 추위 타는 정신의 임자몸인 내 육
신 속으로
가끔은 발을 구르며 지나가는 불행이 보인다

윤기나는 저녁의 나무들을 거쳐
검은 밤 속으로 흰 살을 빛내며 걸어가는
아직 처녀인 추억이여

이제 다 왔다, 그곳에 너의 닳은 신발을 묻어라
떠도는 빗방울에도 생애의 반쪽이 젖어
이 추위 다 가릴 수 있는 이불이 없다

노동과 치욕을 비벼 먹은 밥들이
살이 되는 나날을 뒤로 하고

내가 걸어가야 하는 뭍은 어디인가

한 볏단도 땀 없이는 거둘 수 없음을
가을은 물든 잎을 보내 나에게 가르친다
누가 경전에서 깨우치겠는가
쟁반에 담기는 밥상 위의 김치가
삶을 가르치는 책장인 것을

누구를 위해서 시를 쓰나

누구를 위해서 시를 쓰나
문득 바람 앞에서 물어 본다
새들은 산자락을 소리 없이 날고
꽃은 들판 끝에 향기롭게 피어 있다

누구를 위해서 시를 쓰나
나는 새들 대답하지 않고 피는 꽃 소리 없이 피는데
떨어지는 나뭇잎을 밟으며
나 혼자 아프게 묻고 있다

길은 동서남북 어디로든 뻗고
물은 낮은 곳을 향해 흐르는데
내 말 알아듣지 못하는 나뭇가지에
내 몇 마디 말 걸어 주며 대답한다

나는 지는 해를 향해 노래하지 않고
뜨는 해를 향해 노래한다고
나는 죽은 이를 위해 시를 쓰지 않고
나와 같이 이 땅의 쑥갓잎을 먹고

이 땅의 저녁 연기 함께 바라볼 사람을 위해 시를 쓴
다고

어제의 추억, 어제의 그림자를 위해 시를 쓰지 않고
오늘과 내일, 우리 곁을 나는 새, 풀 뜯는 소,

아, 기쁜 일 같이 기뻐하고 슬픈 일 같이 슬퍼하는,
어느 길 위에서라도 만나 내 그의 이름 부르면
그도 달려와 내 이름 불러 줄 사람들을 위해
아픈 시대의 등을 매만지며
나는 오늘도 열 줄의 시를 쓴다

離騷에 눕다 1

한번 건넌 물은 내 발을 적시지 않는다
찔리면 핏방울 듣는 가시나무도 이름 부르면 단추꽃처
럼 정겨웁다
시름을 만나면 벼랑에서라도 술잔 나누고
그의 펄럭이는 욕망 밤나무 가지에 매어 둔다

여울물 소리에 지워지는 뻐꾸기 울음에 소름 돋아
4월인 줄 나보다 먼저 알고 피어나던 엉겅퀴꽃 미리
져 내릴까 마음 졸인다

장수말벌처럼 날아서, 물살 건너서
푸른 햇빛으로 풀뿌리의 밥 한 그릇 비벼 먹으면
누가 길게 불어 눈물 오히려 노래되는 離騷 한 가닥
햇살 아래서 만날 수 있을까
혹은 노래는 땅에 묻히고 없을까

먼저 간 사람들의 영혼은 아직도 흙 위에 따뜻하고
초옥 추녀들과 오리나무 산들은 온돌처럼 아늑할지니
한 번 흘러가면 돌아오지 않는 물, 돌아오지 않는 강

건너서
　모래밭 같은 世間의 근심 물 속에 무심히 던질 수 있
다면

　나는 가겠네, 내 무심 깨우러 가시 꺾어 손가락 찌르며
손끝에 듣는 피 노래에 씻겨 물 속의 푸른 물결 하나
보탤 수 있다면

離騷에 눕다 2

시름 한 구절이 내 마음 속 경전이 되기까지
삭여서 아름다운 노래 바람처럼 떠가는 하늘을 보겠네
금빛으로 쏟아지는 오늘 햇빛도 저녁이 오면 또
어제의 어둠으로 묻혀 가리
마음은 언제나 손수건처럼 펄럭여도
저 낭자한 혈흔 다독이며 걸어온 세월
불러 줄 이름 없어 꽃 한 송이 말없이 강물을 향해 던
질 때
누가 내 이름 불러 그리움의 옷고름 여밀 것인가

외로움의 사육으로 나이 먹은 사람들
누가 제 버린 머리카락과 손톱의 길이를 재겠는가
가꿀수록 사나워지는 것이 꿈이라지만
언덕에 오르면서 싸리꽃 한 송이에 눈 맞출 수 있음은
위안이다
강을 건너며 잊혀진 이름 되살아 오는 것도
내 삶의 등불이 된다
출렁이는 물결이여, 너희에게도 추억이 있겠느냐
추억의 바늘 끝은 날카로워 너희의 마음도 아프겠느냐

어두우면 오히려 평화를 되찾는 강물 뒤에서
나는 추억을 잘라내는 법을 물에게서 배운다

오늘 저녁 식탁에 앉은 이들 이름 한번 불러 보며
흰 쟁반에 부딪쳐 보는 숟가락 소리는
얼마나 아름다운가
마음 풀어 놓을 집이 없어 바람은 강물 위에서 위태롭
지만
내 귀를 씻는 노래 한 구절 추녀를 스치면 안식이리라

구름에서 내려오다

吉見寺 雲上禪院은 꽃으로 덮여 있다
들과 산을 제 색깔과 향기로 채우는 일을
풀과 꽃 아니면 누가 할 것인가

사람 대신 꽃 이름 불러 보고 싶어
예고 없이 산에 드는 사람의 마음을 아는 이 누구인가
달력의 5월은 아직 산중에까지 오지 않아
물 소리가 골짜기를 여는 데 아침 나절이 걸린다

철쭉 지고 나니 설상화가 잎을 내밀어
덩달아 피는 꽃이 산을 무등 태운다
굴참나무 곁에서 바라보면 산이 꽃 향기에 실려
구름보다 가볍게 산 아래로 떠내려 가는 것이 보인다
꿩비름 노루발톱풀, 숨겨 놓은 햇살이 솔그늘을 재운다
누가 이름하였는가, 운상선원엔 비가 오지 않을 텐데
갑자기 몰려온 구름 송이가 후두둑 빗방울 뿌려
내 신명을 깨뜨린다
꽃은 산상에 피고 나는 下山해야 한다
때 절인 창자와 뇌수를 씻지 않고는 아무도

이 高山에 들 수 없다

나무 이름 꽃 이름 함부로 부르는 것도 내 거짓된 욕
망이라고
바위를 스치는 바람 한 폭이 찢을 듯
내 옷소매를 당긴다

내려가라 내려가라 운상선원엔 오르기도 이렇게 힘겨
운데
욕망을 숨긴 운동화 발로 어찌 仙界를 지나
하늘로 오를 것인가

작은 산과 큰 산
—— 海印寺韻

나무에 품계 없으니
작은 나무가 큰 나무와 함께 서고
작은 산이 큰 산과 함께 눕는다

손안에 태산을 거머쥔 禪僧이
가리킨 손끝엔 손수건만한 구름 한 장이
솔가지에 걸려 있다

솔잎 푸른 그늘에 백련암 천년 기왓장만 반짝이고
꽃잎 하나에 산이 실려 가는 모습
홍류동 물굽이는 모른 채 흘러간다

서서 잠드는 것 나무뿐인 줄 알았는데
나무의 무욕을 배운 사람에게도 있었음을
문득 문자 없이 혼자 깨닫는다

나무의 숨소리 따라 새떼들이 풀어 놓은 금싸라기 말
들만
하늘로 올라가 별이 된다

새의 말을 알아듣는 사람만이
산의 말, 물의 말
금싸라기 별의 말을 알아듣는다

沃泉*에 들다 1

오늘은 沃泉에 자고 내일은 고비**를 향해 가리라
살아 있는 사람들의 가슴에 바느질처럼 꿰매어지는
견고한 집착들도 데리고 가리라
혼자 남은 시간마다 남 몰래 사육하던 투명한 고통들도
머리카락 쓰다듬으면 발 앞에 와 엎드리는 귀여운
통증도 데리고 가리라

가다가 온종일 닳은 햇볕에도 데이지 않은 저녁 만나면
그리움조차 쓸어낸 단칸집에 세 들어
초옥 曲字房 같은 찌든 세간들에 마음 쓰며
쌓이는 소멸과 인고를 노래하리라

밟아도 구겨지지 않는 불빛 같은 생이 내 삶의 참모습
일 때
마음 속 비장해 둔 금빛 수심, 금빛 눈물을
어떤 오전에 동심의 수슬연처럼 하늘로 띄우겠는가

늘 갈림길에서 손 젓던 저주
내 것이 아니라고 돌아서던 증오마저 등 두드려

46

이제는 愛犬의 깃털처럼 쓰다듬어 주리

박제가 되어 버린 희망
열병처럼 다가서던 지난날의 그리움도 저녁 식탁에 초
대해
옷깃의 먼지, 흩어진 머리카락 빗질해 주리

그리고 노래하리라
내일 걸어갈 길 앞에 옥천은 있다고
금화 은화로도 사들일 수 없는 삶이 내 앞에 있다고
오늘도 내 初夜 같은 열의로 노래하리라

* 沃泉: 내가 쓰는 〈오아시스〉의 대용어.
**고비: 몽고 말로 〈황무지〉라는 뜻.

沃泉에 들다 2

옥천에 들어 내 몸의 낙타인 발이 더 나아가지를 않
는다.
오랜 날 자갈과 모랫길 지치도록 걸어왔기 때문이다

종〔僕〕이어야 할 노역이 오히려
내 몸의 주인이 되어 버린 날
저 금빛 鞍坐에서 나를 호령하는 내 것이 아닌 안식들

저녁 빛의 찬란한 晩婚이여
너는 이제 곧 상수리 잎의 영접을 받으며 놀 속으로
들어가
찬란한 침실에 누워 어둠의 처녀성을 시식하리라
그리고 아이를 낳으면 놀보다 아름다운 이름 짓고
너는 金門과 미식의 향연을 즐기리라
포플러잎은 아직 할말 남아 있다는 듯 내 옷자락에 펄
럭이고
들판은 제 가꾸어 온 곡식을 빼앗기고도
편안히 누워 있다
꽃들은 떨어질 때조차 향기를 풍기고

나무들은 새로 올 3월을 위해 색동 가을을 마련한다

새의 날개를 가지면 우리도 하늘에 둥지를 칠 수 있을까
져 내리면서도 서로를 애무하는 나뭇잎처럼
잘 익은 과일, 어제의 금빛 햇살
오늘 부는 바람, 머리카락 스치는 별빛

시 한 줄 아니면 내 무슨 말로
고뇌가 익어 안식이 된 내 옥천을 노래할 수 있을까

제 2 부
西風에 기대어

이른 봄

마을로 들어오는 푸섶길에는 철 잃은 패랭이꽃 한 송이 피어 있다. 벌초도 하지 않은 무덤이 두엇 누워 있고 全州李公之墓, 이끼마저 말라붙은 묘비가 오래오래 그 모습대로 서 있다. 바람이 불 때 모로 슬리는 마른 풀잎들, 그 적막 가운데 잘못 피어난 한 잎 패랭이꽃. 연날리기 자치기 숨바꼭질 하는 아이들의 발길에도 밟히지 않고 누구도 뜻있게 이름 불러 주는 이 없는 이 작은 한 송이 들꽃, 자손도 儒林도 돌볼 사람 없는 폐허가 되어 버린 두엇의 무덤. 마을로 들어오는 산어귀엔 멎은 지 오래인 물레방아, 귀를 귀울여도 들리지 않는 봄 나물 캐는 누이들의 부끄러운 愁心歌.

冬眠圖

봉숭아가 지고 우리는 두 번 몸을 떨었다.
내의 갈아입고 털깃 외투를 꺼내 입으니
풀물 든 손이 시려 온다.
겨울엔 잠시 숨죽인 들풀들
갯가에 시들어 있는 질경이 잎새들
며칠째 날이 어둡고
드디어 눈이 온다.
정복자처럼 무더기로 몰려와서
이내 숨 거두고 돌아가는 數萬의 눈발들
門을 닫고 한 모금 따스한 숭늉 마시고
마른 입술로 헤는 귀뚜라미 산가재 말매미 올챙이
어쩌면 그리 적막한 이름들.
겨울엔 참고 지내요, 여울로 몰리며
우는 눈보라처럼 그렇게 노여워하지는 말고
얼굴 숨기고 匿名으로 피었다 진 작은 풀꽃들
그 無言으로 우리 잠자요.

저물 무렵

날이 저문다. 세상은 잠시 입을 닫고
집들은 속속 문을 잠근다.
지하실에서 풀려나는 冷氣를 쓸어 넣고
수도꼭지까지 꼭꼭 잠그고
돌아와 백열등 아래 앉으면
桐華川 흐르는 물 소리가 좀 크게 들린다.
年末에는 석간에도 정겨운 소문들이
깔려 있다.
어디서 이 저녁에 투명한 사랑도
크고 있다.
눈이 와서 새들은 길을 잃고
연기 깔리는 굴뚝마다
새들이 물어다 둔 복음이 쌓인다.
편하게 눕고 혹은 발 뻗은 식구들
어디서 교회 종이 댕댕 울린다
房 안에서는 수월한 엑쓰란 내의
포근한 담요 한 장
그리고 귤 한 접시.

火田

──慶南 山淸郡 矢川面에 사는 친구 景默에게, 그는 편지에 이 고장에 살았던 大儒 南冥 曺植 선생 이야길 자주 했다

木炭 가루를 밟으며 산에 오른다.
해를 더할수록 지천으로 쌓여 빗물에 썩어 가는 가랑
잎을 밟고
오리나무 말오줌나무의 마른 잎새 사이로
재재바르게 달아나는 다람쥐들의 숨바꼭질을 보며
버려진 돌 위에 앉아 땀을 씻는다.
삭은 草廬들 몇 채 웅크린 마을을 지나
화살 줄기를 그리며 구비 도는 무심한 냇물을 내려다
보며
이 산협에 사랑을 심었던 先知者의 묻어 둔 말씀을
생각하고 옷깃을 여민다.
너무 오래 이 세상을 살아 휘고 굽은 나뭇가지 사이로
맑은 햇살 내리고
가난을 오히려 逸樂 쪽에서 바라보려 하는
땅콩과 감자와 옥수수의 親和를 가꾸는
손마디 굵은 주민들.
이 비탈진 산밭에 심는 그네들 사랑을
冬至에 피우는 화톳불은 그저 무심히 타는 것인가
여기저기 바람 일고 너구리들도 꼬리를 감춘 겨울산에

숯불처럼 타오르는 이 고장 주민들의 꿈은
언제 이루어질 것인가.

산에 가서

簡易驛을 지나 도랑을 건너
송진 냄새 나는 절에 닿았다.
개울물은 쉼임없이 들가운데로 달려가고
마을을 내려다보면
지나온 驛舍가 조그맣게 보인다.
골을 씻어내리는 물소리를 들으면
신발에 묻은 먼지와
내가 쓰는 방언들과
포킷에 들어 있는 수첩 속 隣人들의 이름이
문득 멀고 낯설어진다.
두고 온 나의 방에는 아직도
읽던 책 몇 권과 아이들의 울음소리와
몇 달치의 주민세 영수증이 꽂혀 있겠지만
저 바위와 솔바람과
山峰에 발 묶인 구름을 보노라면
바쁘던 일상의 아침 출근과
퇴근 때의 허술한 술 한 잔도
모두 부질없는 世間에 不外함을 느낀다.
몇 토막 單音으로 노래하는 새들의 부리를 보고

그늘에 묻혀 피어나는 몇 송이 풀꽃들을 보면서
신발을 풀고 가—제 손수건으로 이마를 닦았다
어디서 장끼이 靑銅晉으로 울고 있다.

월동 엽서

순이, 손을 몇 번 불어서 그 겨울은 지나갔나
미나리 잎새 얼어서 얼음 밑에 묻혀 있던 그 겨울
장작개비 책보에 얹고 가던 등교길
小白山脈 끝 웅크린 골짜기
너는 전근 가는 아버질 따라 晉州가 泗川인가로
닳은 고무신을 끄을며 떠났지만
얼음이 얼다 녹던 축축한 묏부리에 앉아
마른 잔디만 집어 뜯던 나는 지금
盧를을 괴로워하는 삐걱이는 강의실 계단을 오르내린다.
스물을 지나 서른이 되어서 너의 그 검정 치마도
세상따라 모양이 달라졌겠지만
진주가 사천인가의 언덕 아래 조그만 마을에서
너는 이제 두번째 아이를 낳고 들길에 나가 너의 아이
들에게
새로 핀 꽃 이름을 가르치고 있는가
이 겨울에 난로 꺼지면 나는 양말을 갈아 신고
저 죽은 풀빛의 들판이나 밟으면서
겨울의 가장 따뜻한 곳으로 걸어가야겠다
눈이 내리면 다시 시린 손을 불며

離鄉

제대를 하고 대학을 졸업하면
나는 개나리꽃이 한 닷새 마을의 봄을 앞당기는
山蘭草 뿌리 풀리는 조그만 시골에서
詩나 쓰는 가난한 書生이 되어 살려고 생각했다.
고급 장교가 되어 있는 국민학교 동창과
개인 회사 중역이 되어 있는 어릴 적 친구들이 모두
마을을 떠날 때
나는 혼자 다시 이 마을로 돌아와 탱자나무 울타리를
손질하는
樵夫가 되어 살려고 생각했다.
눈 속에서 지난해 지워진 쓴냉이 잎새가 새로 돋고
물레방앗간 뒤쪽에 비비새가 와서 울면
간호원을 하러 독일로 떠난 여자 친구의 항공 엽서나
기다리며
느린 하학종을 울리는 낙엽송 교정에서
잠처럼 조용한 풍금 소리를 듣는 2급 정교사가 되어
살려고 생각했다.
용서할 줄 모르는 시간은 물처럼 흘러갔고
놀 속에 묻히는 봄 보리들의 침묵이 나를 무섭게 위협

했을 때
　관습의 신발 속에 맨발을 꽂으며 나는
　눈에 익은 수많은 돌멩이들의 情分을 거역하기 시작
했다.
　염소들 불러모으는 鼻音의 말들과
　부피가 작은 몇 권의 國定敎科書를 거역했다.
　뒷산에 홀로 누운 祖父의 산소를 한 번만 바라보았고
　그리고는 뛰는 버스에 올라 도시 속의 먼지가 되었다.
　봄이 오면 아직도 그 골의 물소리와 아이들의 자치기
소리가
　도시의 옆구리에 잠든 나의 꿈 속에
　배달되지 않는 葉信으로 녹아 문지방을 울리며 흐르고
있다.

서쪽을 가며

밤중엔 자주 길들이 끊긴다.
먼 마을의 窓琉璃가 소리 없이 깨어지고
샛바람 문틈에 불어
호롱불이 꺼진다.
山 그늘에 지워지는 草屋 한 채를 바라보며
떠나온 날들과 돌아갈 집들을 생각한다.
가슴속에 묻어 둔 한 겹 憂愁를 꺼내 보며
참으로 소중했던 것들 다 잃어 버린 어둠 속을
머리칼 쓸어 넘기며 혼자 걸어간다.
이 밤에 바람은 멎고 또 길게 불어
우리의 永遠은 모래알 하나에 잠겨들고
갯풀 베던 사람들의 따스한 꿈 조각이
맹목의 길 위에 나와 오들오들 떨고 있다.
乾草 질긴 잎새처럼 들길은 구겨져
아직도 잠들지 못하고 돌아눕는 隣人들의
열 번을 긍정하고 다시 한번 부정하는
고뇌의 이불 소리가 귓가에 들리고
씨앗 묻힌 들판엔 서릿발 비추는 한 가닥 별빛
굽어보면 발 밑에는 또 한 세기를 삭은
腐石만 하염없이 흩어지고 있다.

슬픈 온대

분꽃이 지기 전에 뜰을 한번 더 들여다보았다.
마른 잎들의 하늘은 무참히 깨어지고
깨어진 하늘 조각을 주워 맞추며
이름 없이 피었다 진 꽃들의 安否를 물으면
무수한 기계와 클랙슨 소리에
가슴 찔린 여치들만 시든 풀밭 위에
惡寒을 운다.
질긴 공장의 톱니바퀴엔 오늘도 참 어여쁜
누이들의 꿈이 토막토막 끊겨 나가고
四園엔 모두 조금씩 가슴이 傷해 있는 것들
굴뚝과 그을음과 轟音 속에서
꽃들마저 뿌리 뽑힌 뜨락의 내부가
자꾸 근심스러워진다.
동쪽엔 강물이 흐른다는 사연을 읽으며
生家 쪽을 바라보면
오늘은 처마 끝에 생애를 얽던
흐린 거미줄도 보이지 않는다.

하산

예컨대 말은 부질없다.
저 공장에서 흘러나온 폐수나
우리들의 끓던 여름을 한동안 술렁이게 했던
해운대 바다의 오염 소동은 이제 잠잠하다.
여기저기 힘센 勞役만 아직 무성하고
鑄貨 몇 개를 위해 우리들이 덧없이 써버린 말들도
무성한 勞役처럼, 잠처럼 부질없다.
더러는 고딕으로 남기고 싶은 傳言도 그렇다.
후일, 우리가 떠날 때 두고 갈 標識는
흩날리는 구름과 쓸쓸한 흙 빛깔.
水平으로 부는 바람의 추운 귀
산마루에 몸 버린 가랑잎을 밟다가
흐린 밤에는 理念과 强辯만 남은
書冊을 뒤진다.
江을 건너다가 잃어버린 생각들도
바라보면 저문 마을에 등불로 걸려 있고
우리들을 혹사하던 모든 理念들도
더욱 늦게 내 손에 와 따스하다.
마을을 돌아보며 작은 愁心 길들이고
不山하는 발길에는 아픈 서너 개 채이는 돌자갈.

겨울 숲에서

몸 댈 곳이 없어 마른 갈대는 누워 있다.
철새들이 남긴 목 쉰 울음이 南쪽 길 아래 흩어져 있고
여름 며칠을 우리들이 버린 햇살이
잘 씻겨 여기 있다.
소나무 잣나무들만 아직 무성한 식욕에 들떠 있고
오래 혼자 누워 싸늘한 꿈을 반추하는 모래가
간간이 날려와서 솔숲을 어지럽힌다.
태어나고 사위어 가는 수많은 목숨들이
하잘것없는 바람 끝에 갈리면서 울고
봄을 기다리는 냉이 한 포기가 變節의 갈색잎을 보이
고 있다.
살아 가면서 영원히 住所가 없는 미물들
이제 어디 가서 그들의 안부를 물어야 하나
울음 몇 개 허물 몇 개말고
또 무엇으로 그들의 생애를 찾을 수 있나
등을 돌리면 등 뒤론 마른 솔잎만 흩어지고
다람쥐의 尋訪도 춥고 드문 이 숲을
여름 동안 끊어진 無色 바람이 일고 있다.
돌아봐도 보이는 것은 시든 풀잎의 殘影뿐

66

내 작은 체온으로 이 공허를 데울 수 없어
외투깃만 세우며 차운 돌 위에 앉아
민들레가 묻어 둔 봄꿈을 캐고 있다.

나무 같은 사람

나무 같은 사람 만나면 나도 나무가 되어
그의 곁에 서고 싶다
그가 푸른 이파리로 흔들리면 나도 그의 이파리에 잠
시 맺는
이슬이 되고 싶다

그 둥치 땅 위에 세우고
그 잎새 하늘에 피워 놓고도
제 모습 땅 속에 감추고 있는 뿌리 같은 사람 만나면
그의 안 보이는 마음 속에
놀 같은 방 한 칸 지어
그와 하룻밤 자고 싶다

햇빛 밝은 날 저자에 나가
비둘기처럼 어깨 여린 사람 만나면
수박색 속옷 한 벌 그에게 사주고
그의 버드나무 잎 같은 미소 한번 바라보고 싶다

갓 사온 시금치 다듬어 놓고

거울 앞에서 머리 빗는 시금치 같은 사람,
접으면 손수건만하고 펼치면 저녁 놀만한 가슴 지닌
사람
그가 오늘 걸어온 길, 발에 맞는 편상화

늦은 밤에 혼자서 엽록색 잉크를 찍어 편지 쓰는 사람
그가 잠자리에 들 때 나는 혼자 불 켜진 방에 앉아
그의 치마 벗는 소리 듣고 싶다

초록을 보며

돌자갈 마꽃 수세미들의 하늘은 아직 쓸쓸하다.
들판에는 몇 번을 지워졌다 피는 풀꽃
길들은 언제나 서성이면서 南으로 뻗어 있고
모래들 흩어지고 산들은 허리 잘려
그리움 많은 사람들의 봄도 강물에 조금씩 숨긴 맘 풀
어 놓는다.
여기저기 추억의 얼룩처럼 돋는 풀잎 그러나
초록의 얼굴은 오래가지 않는다.
지상에는 대부분 知命한 것들
상처의 寶石을 사랑하는 사람들의 깊은 침묵 속으로
들새들 행방 감추며 길게 날고
산들은 이 봄에 엄청난 無知로도
도라지꽃을 피워 놓고 혼자 잠든다.
조그맣고 정결한 삶 하날 찾기 위해
우리는 또 몇천 리의 길을 걸어야 하나
金言과 망각의 고통스런 뒤섞임 뒤로
양심과 휴지 조각과 두어 겹 부끄러움 숨겨 두고
흐려진 불빛 세워 잠든 마을 바라보면
千의 바람 끝에 실낱처럼 흩어지는
슬픔의 섬세한 얼굴이 보인다.

70

야산에 올라

다 오르지 못한 길들이 숨죽여 누워 있다.
혼자 선 나무들의 조그만 흔들림 뒤에
기슭을 밟고 가는 나의 신발 소리만
가랑잎 속에 묻힌다.
남쪽엔 오래 잠든 겨울 들판
떨어져 선 전신주의 筋骨엔
불타는 오늘의 소문들이 걸려 있다.
아파트에는 아직 돌아오지 않은 小食口
문깐에는 막 도착한 夕刊 한 장이 펄럭이고
때 절인 손수건으로 닦아내는
일상의 몇 토막 불평도 꽂혀 있다.
山에서는 버리고 싶은 銀貨 몇 잎
논리와 世間과 겸허의 넥타이
우리가 가진 그리움들 다 버려 버리고
하잘것없는 서른 개의 풀잎으로 다시
저 도시 속으로 돌아간다 한들
시궁창 속에 떨어져 잠든 도시의 罪質들이
그의 純白의 알몸을 보일 것인가
발밑에는 오랜만에 떠나는 기차
풀잎들이 가장 작게 경적에 떨고 있다.

금호강에 발을 씻고

금호강 가에 엎드려 나는 메밀싹 같은 한 生을 살겠네
누가 호미로 북 주며 메밀싹의 슬픔을 듣는가
온종일 푸름을 베어 먹은 소들, 망아지들
필생을 家業에 매달린 농부들

하양을 지나면 청천, 사람들이 지은 땅 이름은 달라지
지만
흐르는 물빛은 달라지지 않는다
풀의 슬픔 풀의 기쁨 잘 알아듣는 소에게
이제는 고삐를 매지 말아라

초록들이 키우는 무한의 목축 앞에서 나는
내 생업의 초라함을 부끄러워한다
바라만 보아도 내 몸의 푸른 물이 들 것 같은 들판과
둔덕에서
마음이 반짝이는 날은 슬픔을 옷 갈아입히고
고통도 예쁘게 빗질하리라
흐르는 물결마저 제 집이고 발인 물새들 곁에서
두 발로 신 신고 물 위를 걷지 못함을 안타까워한다

미농지 같은 번뇌 한 장도
햇볕 아래 내어 말리고
백리 밖 산을 넘는 구름의 초현실을 눈부시게 바라본다.
강가의 나무들에 서른 겹의 나이테를 감아 놓고도
계절은 저 혼자 푸른 치마를 입고 처녀로 남아 있다.

우수의 이불을 덮고

오늘도 우리 아는 이웃들은 다 무사합니다
자주 손끝에 덧나던 희망
오래 만져서 닳고닳은 고통들은 잠들었습니다
누더기의 남쪽 산에 버짐 같은 꽃들은 지고
안부 없는 흰 새들 내를 건너 날아갔습니다
만나지 못한 사람의 이름만 아직도 열병처럼 이마를
두근거리고 있습니다.
흙 속에 묻힌 옥잠화 씨앗은 제 혼자 따뜻하고
우리가 가장 쓸쓸할 때 부를 이름 하나는
아직 가슴 속에 남겨 두었습니다.
그대 먼 길 가거던 돌아오지 마셔요
그대 못질 한 문패와 뜨락의 신발들 다 잘 있습니다
뒷날 부를 노래 한 소절 베개맡에 묻어 두고
우수의 이불을 덮고 오늘 밤은 혼자 잠듭니다.

74

西風에 기대어 1

別離만큼 아름다운 것은 없다
간 이파리 하나쯤 떼어 가는 아픔이야
별리의 아름다움에 비길 수 있으랴

마음보다 치장이 아름다운 서풍이여
너의 안식의 祝禱 앞에서 몇 사람은 저녁 수저를 들고
몇 사람은 길 위에서 이슬처럼 깨어지기 쉬운 약속을
한다
저녁으로 갈수록 사람과 사람 사이
모든 언약들이 반짝인다

우리는 이제 이른 저녁을 먹고
들 가운데 서서 오늘보다 아름다울 내일을 말할 차례다
양치기 소년들의 고단한 발을 쉬게 하고
펄럭이는 내일의 치맛자락을 끌어당기며
만남보다 진한 이별을 말할 차례다
아무도 시키지 않았는데
문 밖에서 바람은 흰 피륙을 짜고 있다
사람의 하루가 고단하여 침실에 몸을 누이는 저녁에도

과일 나무의 과일은 저 혼자 익는다

서쪽으로 가면 웬일인지 하늘로 오르는 사닥다리가 있
을 것 같아
오늘도 들판 끝을 헤매다 서풍의 옷자락에 싸여 돌아
온다
先史로 돌아가고 싶은 장엄한 몸짓인 서풍이여
너의 치마 끝에 내리는 놀의 물감으로
오늘 우리는 주홍빛 이별을 기록해야 한다

될 수만 있으면 바위에 기록하리라
어둠 뒤에서 마지막 한 겹 속옷마저 벗고
알몸으로 초록 위를 부는 서풍이여
이맘때쯤 바람과 능금나무의 和姦에도
우리는 박수 치리
그리고 세상의 푸름들이 시들기 전에
우리는 필생의 편지를 한 사람의 이름 앞으로 보내야
하리

西風에 기대어 2

누구도 그 다음 生을 맞이해 본 적 없는 삶들이
서풍 앞에 떠돈다
바람은 바람끼리 만나 즐거웁고
노래는 노래로 떠돌면서도 제 흔적을 남기지 않는다
깨어질수록 투명한 유리의 꿈을 꾸며
절이 삭은 밤이 한 세계의 편안을 이끌고
그의 발꿈치 앞에 와 눕는다

별리는 낱낱이 아름답고
언약들은 깨어져서도 유리처럼 빛난다
강가에는 슬픔을 이긴 처녀들의 흰 발등
돌에 새긴 약속들이 풍화되어도
별리의 마지막 눈빛은 불꽃처럼 타오른다

천년을 불어도 아직 처녀인 서풍이여
너의 수줍은 치마폭에 싸여
이승의 처음 아이 낳는 여자는 행복하다
아이 둘 낳으면 황혼이 되는 여자여
들녘 끝에서 바람의 발자국 소리는

이 세상 태어나 처음 딛는 아이의 신발 소리를 닮아
있다

지상의 만남들에 도취해 승천을 포기한 서풍이여
사람들이 버린 말, 사람들이 버린 옷
사람들이 버린 마음까지 쓸어 담고
네가 가는 길은 늦을수록 환해지는 서쪽이다

접어 넣어도 구겨지지 않는 추억들을 기르며
놀 속에 접히는 책들
찬탄하라, 책 속에 있는 불타는 마음을,
그러나 오늘 우리의 별리는 아무래도 혈흔이다

西風에 기대어 3

어떤 방황은 우리를 황홀하게 한다
저녁은 투박하고
아미 같은 길들도 저녁엔 구부러져 있다

우리가 닦고 닦던 유리의 날들이
우리가 미처 보듬지 못한 놀을 데리고
나보다 먼저 거기에 와 있다

왜 삶은 모나고 죽음은 둥근가를,
왜 지상의 나날은 거칠고 천상의 나날은 편안한가를
소멸에 길든 서풍은 대답하지 않는다

서풍이여, 나뭇잎들이 초록의 손바닥으로
다림질한 주단이여
너는 언제나 절정의 빛깔인 놀을 데리고
우연처럼 왔다가 기적처럼 가 버린다

몇 번의 情事 뒤에 황혼을 맞는 청춘처럼
너는 쉬이 늙어 집 없는 것들의 집인 자정을 마련한다

이제 갓 사랑에 눈뜬 젊음의 촛불 같은 밤은
네가 가져온 최상의 선물이다

내 여자의 치마폭같이 아늑한 서풍이여
이제 우리의 질문 대신 네가 대답할 차례다
어찌해서 날설 증오들이 너의 젖무덤 사이에선 유순해
지는가를
어찌해서 네 모성애 속에서 모든 산 것들은 내일 아침
을 예비하는가를

이름 부르면 다시 한번 靑年이 되는 서풍이여
네 환희, 네 연민 섞어 저녁밥 먹고
너는 이제 마지막 뼈만 남은 우리의 고뇌들을
주홍빛 노을로 태우고 가라

눈물

이제 우리의 기나긴 봉헌 문자도
막을 내릴 때가 되었습니다

좀더 고함이었다면, 차라리 惡談이었다면
아직 이 가시밭쯤이야 꽃밭으로 알고
걸어갈 수도 있겠지만,

이제 우리 오래된 헌사 한 구절도
폐기할 때가 되었습니다.

돋는 열무 잎새 하나만 보아도 생이 아려
이제 다신 안 흘리겠다던 어제의 눈물
또 흘렸습니다만,

어디에도 가두어 둘 수 없는 마음의 혈흔들을
손바닥 위에 올려 놓고
자랑처럼 바라봅니다

이제 느지막에 또 한 사람과 이별해야 하다니요

새들 나비들 떠난 자리보다 사람 떠난 자리
더 크다니요

눈썹 끝에 세운 왕국 이렇게 무거울 줄이야
가물거려서 아름다운 그 나라가 마음의 주인이 될 줄
이야

불 밝혀 길 인도하지 않아도
어둠은 익숙히 제 자리를 찾습디다
걸어도 발에 걸리지 않는 어둠 속에 오래 발 묻고 서
있습니다

이런 슬픔이야 한낱 사치려니
스스로를 나무라는 어둠 속에서
별자리 우러르고 내려다보는 신발 끝에
갑자기 툭 — 하고 떨어지는 것이 있습니다

저녁놀의 성찬

금기는 짧고 방임은 길어라
내 어린 처녀들의 작은 침실에
면사포 같은 행운이 찾아오고
꽃다운 신부들은 오늘 밤 첫 아일 가질
채비를 한다

이제 비탄의 노래는 부르지 마라
어둔 하늘엔 별들이 작은 여행을 서두르고
저물수록 어둠들은 서로를 불러
한 식구가 된다

어느 蕩子가 저 붉은 노을에 장가들 수 있으랴
노을은 다만 노을일 뿐,
벌레들의 귀 속으로 초저녁 달빛이
흘러 들어간다

열광이란 저렇게 찬란한 것임을,
한 사람의 생애에 마침표가 찍히는 시간에도
내 친척들은 찬탄을 기다리며

대문을 닦는다

그러나 아직은 기다려라
저 저녁놀의 성찬에 가기 위해선
내 사랑하는 처녀들이 바삐 단추를 풀고
수밀도 같은 알몸으로 목욕해야 한다

그리고 그들이 은쟁반 같은 손으로
너무 멀리 가버린 환회를 불러
형벌조차 초대할
저녁 식탁을 마련해야 한다

그 산에 가고 싶다

그 산의 푸름 바라보는 것만으로도
나는 너무 부유하다
저 초록의 갈채 속에서 햇살은 더욱 튼튼하고
나무들의 축복 속에서 오전은 더욱 찬란하다

어떤 오늘도 우리는 거절하지 못한다
모든 오전은 지난밤의 어둠을 씻어 햇볕에 널어 말리고
모든 오후는 오전의 등뒤에서 제 발자국 소리를 듣는다

내일도 그 산이 거기에 있으리라 믿지 마라
내일 그 산은 오늘 산이 아니다
꽃을, 열매를 바꾸어 달면 오늘 산은 내일 산에 없다

맨발로 걸어야 그 산에 피 한 방울 남길 수 있을 텐데
구두로 싼 발로 어찌 한 자국 혈흔
그 산에 주겠는가
내 바람 위에 얹어 보낸 한 마디 안부
산의 가슴에 닿지 않는다

사람이 지어 준 이름 사람에게 돌려주고
언제나 산은 익명으로 서 있다
우리가 그 산에게 바칠 선물은
제 몸 숲으로 가린 젖은 6월과
제 욕망 채찍으로 치는 추운 1월밖에 없다

서쪽에는 오늘도 들새가 놀을 물고 산으로 숨는다
이제 곧 아름다운 눈썹 같은
달이 뜰 것이다

모든 길의 어머니인 산이여
그대의 유방인 산봉우리 아래
백의 들판과 천의 냇물이 젖을 먹고 있다

한 해의 여름도 거짓으로 꽃 피우지 않은 산이여
어찌하여 네가 내 정신의 열대인지를,
어찌하여 네가 내 육신의 火印인지를
이제는 나 대신 네가 대답할 차례다

제3부
푸른 날들을 위하여

마금산에 올라

싸리꽃 피는 마금산 나뭇그늘에 와서도
먼지 속에 남아 있는 지붕과 문지방을 습관처럼 생각
한다.
미워하고 사랑함이 없는 냇가의 돌자갈 곁에 맨발로
앉아
물풀과 비옷나무의 풋내를 맡으면서
박하풀 더미 속에 우는 눈썹새의 울음도 귀담아듣는다.
솔씨와 물방울들이 무중력으로 날아 하늘에 퍼지고
순하게 자란 벼포기들은 몸속의 푸른 피로 들판을 적
시지만
실 얼키듯 얼킨 인간사는 숨긴 맘 한 오리도 풀어놓지
않는다
나라엔 항상 추측할 수 없는 소문들만 구름처럼 떠돌고
큰 나라는 호령하고 작은 나라는 오늘도 두려운 숨 몰
아 쉬는데 延安 李氏 일가가 오늘은 33년 만에 재회를
하고
여의도 광장은 온통 눈물 바다가 되었는데
나는 텔레비도 신문도 보지 않고 이곳에 와서
무슨 일로 벗어 놓은 신발, 던져 놓은 볼펜을 생각하는
가

돌멩이에 깨어져서도 풀뿌리를 키우는 볕살을 내려다
보며
작은 볕살이라도 되지 못하는 창백한 내 손과 머리카
락을
물에 씻으며
흩어진 사람끼리 읽는 엽서의 연필 글씨라도 되지 못
하는
내 삶을 부끄럽게 생각한다.
마금산 골짜기를 떠나고 돌아오는 것은 다만 바람뿐
세상의 아픈 일들을 찾아 다시 나도 양말을 찾아 신고
흙 묻은 구두 끈을 매어야겠다.

금요일의 아몬드꽃

해지기 전엔 도착해야 하는 집이 있다
들판엔 숙근초 뿌리가 튼튼해지고
흑연들은 더욱 썩어 高山의 흙을 검게 물들인다.
멀리 갔다 돌아와도 신장의 내 신발은 그대로 있고
깊은 잠도 오래오래 침상 가에 있다.
끊어진 길에서는 잘 아는 풀꽃 이름 생각 안 나고
과수밭엔 몇 해째 손대지 않은 과일이
썩고 있다.
슬픔이여, 너의 나라의 명주실 같은 밤은
편안히 잠들었는가
냇물은 비옷나무 묘목들이 여리게 자라는 들판을 지나
송사리와 들깨꽃을 싣고 바다에 닿는다.
술을 마시며 지내는 날이 많아진다
서점들엔 낯선 책이 불어나고
나는 책을 읽지 않고 지낸다
편히 사는 게 편하다는 생각이다
불 켜지 않고 어스름을 맞는 저녁이 좋아
온종일 무직으로 사는 친구의 방문을 기다린다.
오늘도 문간엔 오지 않은 편지

금요일의 햇살 속엔 늦게 핀 아몬드꽃이
열매를 맺고 있다.

손수건 한 장으로도 가리워지는 삶

볕 들면 그리운 맘 일고 볕 나가면 슬픔 밀려오는 밤
이 잦다
　지상의 고통과 눈물을 쓸어 넣을 창고가 있다면
　나는 사슴과 병아리와 토끼들의 겨울 양식을 넣어 둘
곳간을 짓겠다
　오늘 저녁 식탁의 푸른 시금치와 흰 소금들이 더욱 귀
해 보이는 것은
　구겨진 지폐와 나를 채찍질하던 굴종과 부끄러움이
　내 삶을 빗질하기 때문이다.
　길을 걸을수록 몸무게만큼 눌리는 신발의 분노
　현관에 들어서면 견고하게 잠겨 버리는 나의 관습
　우리의 하루는 햇빛의 시간을 늘이고 줄이며 흘러가고
　손수건 한 장에도 마흔 해의 내 삶은
　발목까지 속살까지 남김 없이 가리워진다.

홍류동에 혼자

다람쥐들만 할 일 많아 한낮이 바쁘다
돌에 새긴 글자, 바위에 내린 나무 뿌리들 갈 곳이 없
는데
흐르는 물소리 산을 씻으며 천년의 끝을 향해 가고 있다
흘러도 마음 못 씻는 세상 일들이 어느 집
문지방에 쌓인다
불 올려 태워도 그을음 남기지 않는 일과들
우리는 또 얼마를 심지 올리고 마음의 이파리를 태워야
하나
어제는 더러 길에서 만난 이에게 눈인사도 하고
남은 마음 한 가닥으로 사랑한다 작은 소리로 전언도
했지만
바람 스치고 간 자리에 우리 드리운 그림자밖에
오늘 무엇이 남으리
머리카락과 이부자리 싣고 이사한 사람의
슬프고 기쁜 속마음 몰라 해는 지고
단추 잠그고 여밀 속옷 없어 홍류동 물굽이는 흘러가
는데
저녁 새는 울어 가야산 단풍나무에 피멍이 들어.

좋은 날이 오면

좋은 날이 오면 아름다운 서정시 한 편 쓰리라
바라보기도 눈부신 좋은 날이 마침내 오기만 하면
네 맘 내 맘 모두 출렁이는 강물이 되는
기쁜 서정시 한 편 쓰고야 말리라
그때가 되면, 끝없는 회의의 글을 읽고
번민의 숟가락 들지 않아도 되리라
돌 별 하늘 꽃나무만 노래해도 되리라
피 노호 상처 고통을 맑은 물에 헹궈
얼굴 맑은 누이 이름처럼 불러도 되리라
금빛 날을 짜서 만든 찬란한 한낮처럼
오래 가는 메아리처럼, 즐거운 추억처럼
루비 호박 에메랄드 사파이어처럼
잠을 밀어내는 젊은 날의 약속처럼
아, 좋은 날이 오면 잊었던 노래 한 구절
들 가운데서 불러 보리라
이름 부르기조차 설레는 좋은 날이
대문과 지붕 위에 빛으로 덮이기만 하면.

푸른 날들을 위하여

병 고통 슬픔을 달랠 수 있는 시를 나는 쓰려고 한다
가위 놋쇠 소음 탄피 들을 길들이는 시를 쓰려고 한다
책 학교 칠판 실험실의 부드러우면서도 깨어 빛나는
정신을
나는 시로 쓰고 싶다
눈썹새 안개꽃 쓰르라미 울음을 버리지 않고 나는 시
에 담고 싶다
내게 있어 시는 언제나 화려함이기보다 쓸쓸하고 적막
함이었고
감미로움이기보다 고통스러움과 처연함이었다.
그러나 지금도 나는 그러한 쓸쓸함 적막함 고통스러움
처연함을
길들여 나를 포함한 내 시의 독자에게 모닥불 같은 따
스함과
어둠을 밝히는 조그만 빛을 안겨 주게 되길 희망한다
늘 괴로움의 아들인 시가,
끝내는 그 괴로움을 극복하여 편안에 이르는 길이 되길
나는 희망한다.

슬픔에 대하여

여우야 얼마나 슬프냐, 다람쥐야 너는 얼마나 슬프냐
말똥구리 사마귀 개미야 너는 얼마나 슬프냐
파리 모기 귀뚜라미 잠자리야 얼마나 슬프냐
한밤내 듣다가 아침에 멈춘 빗방울
울타릿가 홰나무 잎새를 흔들던 실바람아
너는 얼마나 슬프냐
긴 밤을 창가에 와 부서지던 별빛
지난 겨울 내리자 녹던 싸락눈아 얼마나 슬프냐
티눈아 먼지야 너는 얼마나 슬프냐
그러나 우리에게 더 큰 슬픔은 있다.
가을엔 싸리꽃 지고
봄 오면 잔풀 돋는 우리나라
상처 난 江原道를 품에 안고
기슭엔 게를 치는 섬 많은 한반도
이 方言 이 피부, 나면서 낫질 배운
베옷 입은 사람들.

작은 것을 위하여

풀꽃 몇 송이 길 위에 쓰러진다.
간밤에 비 내리고 길고 거친 바람 불어
모질게 흔들리다 끝내 길 위에 쓰러진다.
쓰러진 풀꽃 몇 송이
허리를 꺾고
병들어 누워서 온통 흙이 되어서
하늘을 나르는 생음악에도
꽃술을 앓는다.
갈잎 몇 장 비에 젖어 바람에 흩어진다.
클랙슨 소리 콜라병 라면 껍질에 눌리고
버려진 화장지 조각에도 눌려서
이제 모든 하늘빛이 캄캄한 먹빛이다.
다시 돋는 별빛에도 가슴이 금이 가는
無邊의 길가 갈잎 몇 장 풀꽃 몇 송이.

다람쥐에게

너희들이 버린 산을 내가 찾는다.
칡넝쿨 속에 숨어 흐르는 여울물 소릴 만나기 위해
마을에서 三十里는 걸어서 닿았다.
콘크리트와 양잿물의 문명을 벗어나
마음엔 한 가닥 슬픔의 띠를 두르고
먼 農路와 野山 길을 걸어서
저수지 뒷둑에 핀 호박꽃을 따면서
너희들이 버린 산을 오늘 내가 찾는다.
노가주나무 비옷나무의 여린 잎새 사이로
하늘은 아직 곱고
달래꽃 한 송이도 검은 돌에 피어 있다.
우리가 끄는 신발 소리는 百의 골을 돌아와도
다 닳은 구두창엔 묻혀 온 世俗이 진하게 남아
화약 냄새에 쫓겨난 다람쥐들의 行方을 좇지 못한다.
산에서는 하루라도 산사람이 되고 싶어
도라지 산두릅 더덕잎을 씹으며
때 절인 손수건을 집어 마을 쪽으로 던진다.

봄을 바라보는 조그만 마음

백 년쯤 자라도 산은 제 키 하나를 넘지 못한다.
數種의 나무들이 單色으로 서 있고
또 하나 굴곡 보이지 않게 바람 지나고
거기에 알맞게 單音으로 우는 소쩍새 울음.
한 사람이 흰옷을 입고
내를 건너가고 있다.
햇빛이 그의 등뒤에서 시름 없이 떨어진다.
겨울이 가고 南쪽 들판엔 눈이 녹고
어디서 맨발을 내디디며
위태롭게 위태롭게 봄이 오고 있다.
소리 없이 南쪽 들판엔 눈이 녹고
들판의 시든 보리가 神經을 곤두세우며
뭐라 불러 주기도 안타까운 얼굴을
연둣빛으로 내어밀고 있다.
이 고요 속에 길게 뻗어 있는 길들의 힘줄이
平日 속으로 조용히 가라앉고 있다.

풀더미 속에서

오래 잊고 지내던 풀잎으로 돌아왔다.
모든 理念의 집들을 떠나 葉書 속의 사랑을 떠나
참으로 오랜만에 화학 섬유의 홑옷을 구기며
소리 없는 이슬에 발을 적신다.
들판 가득히 풋내가 번져
길을 건너가는 바람 소리도 젖어서 들려오고
별빛 간혹 내려와 마음에 뼈 세운 이웃들의
옅은 잠을 깨운다.
江 건너엔 몇 사람들이 들리지 않는 말들을 풀어 놓고
외로움의 方言을 포개어 有限의 집들을 세운다.
들새 잠드는 솔숲을 바라보며
지폐 냄새 묻은 손을 씻고
구두에 해진 발을 풀면
自由의 얼굴처럼 풀씨 흩어지고
굴뚝새의 그리움 한 가닥도 별빛 속에 보인다.
만 개의 人間的인 언어를 버리고
완강한 벽돌의 추녀를 버리고
이 밤에 풀잎 속에 돌아와서
어느덧 풀잎의 일부가 되어 정맥처럼 가냘픈

이웃에게

풀빛의 꿈을 꾸고 있다.
오늘 우리가 걸어온 길가에는 이름 없는 들꽃이 피었
더군요
내일 우리가 걸어갈 들판에도 이름 숨긴 들꽃이 피겠
습니까
먼 길 걸어 지친 자의 문간에도, 절망의 가루를 털며
어제와 다른 하루를 몰고 오는 아침은 열리겠습니까
문득 길가에 넘어진 고목 등걸에 앉아서도
짧은 울음을 남기고 죽은 사슴처럼 참혹하게 깨우치는
날들이 오기를 바랍니다.
거친 나무 껍질도 유순해지는 넉넉한 밤이 이불로 덮
여 오기를
바라기에는 지은 죄가 너무 무겁다 하겠습니까
모난 돌멩이들이 밀알같이 부드러워지는 저녁이 오기를
기다리는 것은 형벌입니까
오늘 우리가 바라본 하늘에는 별이 푸르더군요
내일 우리가 바라볼 하늘에도 별이 푸르겠습니까

삶이란 아름다움인가 슬픔인가

길을 걸으면 무수한 어제들이 내 등뒤에 쌓인다.

오늘 한 달치의 녹말과 한 주일치의 칼슘을 사 두고 겨울 곳간을 둘러보며 익어 가는 포도주를 돌아보면 즐 거우리라

염소들은 추운 겨울 우리를 걱정하면서 남은 반 단의 풀잎을 다 먹어 둔다.

지금 들을 씻는 물소리는 아름답고 생애에 한 번 오는 늦은 각성으로도 삶은 언제나 죽음보다 따뜻하다.

내가 걷는 습관의 길 위에는 떨어지는 먼지인 듯 시간 이 쌓이고

내 입은 면 내복은 몇 올의 실밥들이 드러난다.

오늘 12월호 잡지가 문간에 배달된다. 팔십사년 12월 호를 내 생애에 다시 받을 수 있을 것인가

이제 나는 화약 냄새와 선전 포고의 몇 구절도 사랑해 야 하리라

의류 공장에는 오늘 밤 내가 입어 보지 못한 잠옷들이 쌓일 것이고

아직 들지 못한 잠들은 담요 위에 쌓일 것이다.

우리들 등뒤에서 강물 소리는 영원히 강물 소리로 남

을 것이고
은종이는 은종이로 남을 것이다.

거기

거기까지 닿기에는 아무래도 숨이 차다.
때로 아픔의 부스러기를 긁어내면서
때로 눈물을 웃음으로 바꾸면서
때론 달리고 때론 쓰러지면서
그러나 거기까지 닿기에는 아직도 숨이 차다.
어느 때는 所重한 추억을 버리면서
어느 때는 버린 추억의 조각을 불태우면서
불탄 재가 삭아지는 골목에서
막막하고 텅 빈 휘파람을 날리면서.

못 붙인 편지

가을이 되면 폐허도 가꿀 줄 알아야 한다
지상에 낙원이 있다고 믿는 자들아
지상엔 낙원이 없다고 오늘도 벌레들은 땅 밑에 집을
파고
새들은 하늘로 날아오른다
마흔을 살면서 나는 두 친구와 한 여자를 잃었다
가을은 제자리에 머물지 않고
마른버짐 같은 꽃들도 헐미같이 져 내렸다
폐병 3기나 췌장암 말기쯤의 가을이여
썩은 쓰레기여 무너진 논둑이여
네가 가도 남는 것은 끝내
나와 내 상한 애인의 버려진 주름 치마와
자주 병이 도지는 남한의 시골 길이다
떨어지는 은행잎에 맞아도 어깨가 무너지는 오후엔
들판에 코를 풀고 빈집의 골방에 들어가
아직 순결을 지니고 있는 한 사람에게
편지를 쓰리라
이 세상은 내일도 이 세상이라고
그러나 사람들은 내일은 이 세상 사람이 아니라고

오늘은 너의 방에 촛불이 한 자루 더 필요할 거라고
그리고 문득, 너의 알몸 위에 새벽 찬바람이 스칠 거
라고.

제 4부
옛날의 금잔디

옛날의 금잔디

4월이 오면 살구꽃이 피는 마을로 가야지
죽은 강아지풀들이 다시 살아 일어나고
草家 추녀 끝에 물소리가 방울 울리는 마을로 가야지
풀밭에는 어릴 적 잃어버린 구슬이 고운 숨 할딱이며
누워 있겠지
이랑에는 철 만난 완두콩이 부지런히 제 몸에 푸른 물
을 들이고
잠자던 뿌리들이 이제 막 흐르기 시작한 물아래 내려가
물들의 가장 깊은 속살을 빨아먹겠지.
눈썹에 앵도꽃을 단 처녀애들은
작년에 넣어 둔 분홍신을 꺼내 신고 들판을 달리고
마을 사람들은 햇빛보다 먼저 일어나
간격이 고른 絶色 大門을 집마다 달겠지.
洞口 길엔 비가 와도 젖지 않는 복숭아꽃이 피고
구르는 돌멩이도 부서져 제비풀의 거름이 되겠지.
4월이 오면 혼자서도 외롭지 않은 옛날의 금잔디
거기 가서 휘파람 몇 가닥 남겨 두고 와야지
거기 가서 댕기에 눈물 닦던 누님의 기침 소릴 듣고
와야지.

맨드라미와 함께

줄이고 깎으며 살아온 아낙의 생애에 대해서
너는 알고 있다.
쇠스랑과 두엄더미에 떨어지는 먼지와 달빛에 대해서도
너는 알고 있다.
담을 넘어 달아나는 저녁 그림자
연탄 아궁이에 끓는 된장찌게의 熱意에 대해서도
너는 알고 있다.
별 것 없는 저녁 식사
딸그락이는 쟁반들의 잘게 부딪는 소리
대문이 닫기고 백열등 켜지면
키 작은 맨드라미 너는 혼자 쓸쓸하다.
구슬치기 줄넘기하던 아이들 돌아가
저녁은 이제 커다란 空洞
창틈으로 새어나오는 불빛 줄기도 너의 작은 꿈을
비춰 주지는 못한다.
저녁 새들 喬木 가지에서 바람 센 나래를 접고
들 가운데로 흐르는 물소리 차츰 높아질 때
땅 위엔 휴지 조각만 날리고
너는 빈 대궁이 위에 잘디잔 씨앗 몇 개를
어둠으로 보듬는다.

112

너의 詩를 읽는 밤엔

너의 詩를 읽는 밤엔 마을의 불빛 꺼지고
東村을 지나는 바람이 들깨꽃 잎새들을 땅으로 지게
했다.
세상은 고요하고 自省은 더디게 찾아와서
잠들어야 할 밤에 잠들지 못하는
나의 마음속을 찢어 놓았다.
질경이 잎새가 뼈만 남기고 하얗게 仙花紙처럼 바래지
는 날
나는 와이셔츠를 갈아입고 개념만 무성한 대학 노—트
를 가방에 넣고
또 하나의 패배를 가꾸기 위하여
大洞과 晩村洞을 기계처럼 오고갔다.
작년의 겨울 땅을 얼리고 녹인 이 바람에도
물여뀌 잎새는 피었다 지고
떨어질 것 다 떨어져 흙이 되는 가을에도
銀貨와 지폐는 나의 몸에서 떨어지지 않았다.
나의 습관은 허위의 껍질로 튼튼하게 잠겨 있어
질타의 물을 끓이며 풀리는 고뇌의 가마솥에 앉으면
참으로 헛된 일에 몸 바친 부질없는 시간들이

후회와 자책으로 밀려오지만
자책은 또 다른 새벽을 오게 하고
그러나 모든 사람 다 잠들고 나면
누가 이 가을 빈 들에 남아
쥐똥 열매를 쥐똥 열매라고 불러 줄 수 있을까
너의 詩를 읽는 밤엔
들판 가운데 초가 한 채가 무너지고
미처 歸巢하지 못한 저녁 새 한 마리
참담한 별빛 하날 하늘에서 따 내렸다.

분홍꿈을 묻어 놓고

오늘 나는 또 한 번
내 가슴속 여린 곳에 금이 가는 걸 보았다.
새들은 따뜻한 南쪽 들판에
사라지기 쉬운 몇 가닥 울음을 남겨 놓고
꽃들은 끝내 검고 어두운 쭉정이 속에
그의 허무를 드러내고 차례로 죽어 갔다.
地上에는 다만 산과 바다의 재어지지 않는 거리
왔다가는 가 버리는 그런 가을에도
사람들은 그의 뜨락에 맨드라미 씨를 받아 놓고
너무 많은 말들을 남긴 사람들은 죽어서도 책장 속에
갇혀
도서관 진열대에 잠들어 있다.
누구가 말할 것인가
떠올라 길섶의 꽃이 되지 못하는
물 속에 누운 잿빛 돌멩이의 슬픔을
누구가 말할 것인가
씨앗들의 분홍꿈을 밟고 가는
저 바람의 서걱이는 욕망을.
땀에 젖은 內衣를 갈아입고

이제 우리는 낯익은 그리움을 찾아
길 떠나야 하리
장미의 아름다운 속살과 같은
오늘의 짧은 노래 짧은 시나 외우며.

고향

신발을 벗지 않으면 건널 수 없는 내(川)를 건너야
비로소 만나게 되는
불과 열 집 안팎의 촌락은 봄이면 화사했다.
복숭아꽃이 바람에 떨어져도 아무도 알은체를 안 했다
아쉽다든지 안타깝다든지.
양달에서는 작년처럼, 너무도 작년처럼
삭은 가랑잎을 뚫고 씀바귀 잎새가 새로 돋고
두엄더미엔 자루가 부러진 쇠스랑 하나가
버려진 듯 꽂혀 있다.
발을 닦으며 바라보면
모래는 모래대로 송아지는 송아지대로
모두 제 생각에만 골똘했다
바람도 그랬다.

빈들을 바라보며

우리가 버린 農地가 울고 있다.
감자와 옥수수를 거둬들인 여름 들판이
검은 살갗을 드러내고 쓸쓸하게 누워 있고
돌아보아도 앉을 곳 없는 물떼새들이
끼룩끼룩 처절한 울음을 남기고 北으로 사라진다.
장미의 화려함도 미루나무의 늠름한 푸르름도
한 겹의 바람 앞에 쇠잔한 生을 누이고
한 도시를 압도했던 暴炎도
지붕의 기왓장 하날 데우지 못하고 西쪽으로 돌아간다.
사람들은 땀에 절인 손수건으로 悲哀를 닦아 주머니에
구겨 넣고
맘 있는 사람들의 발걸음엔 풀벌레 울음이 조그맣게
밟힌다.
우리가 버린 農地가, 화사했던 장미가
길 놓친 철새의 나래와 함께
마른 질경이 잎새를 찢으며 울고 있다.

오막살이 집 한 채

시든 채송화의 어두운 얼굴 곁에 앉으면
잊고 있던 農具의 이름이 떠오른다.
靑石 밑에 자라던 갯풀 이름이 떠오르고
무우 뽑힌 百坪의 빈 밭이 떠오른다.
초겨울엔 바람 차가워 밤 벌레들 울지 않고
여울물 소리 그칠 때 풀잎이 무거운 이마를 숙인다.
잔주름 많은 家業들이 골마다 누워 있고
작은 씨앗들은 盲目으로 자라
飽滿의 들 가운데 숙연한 생애를 묻는다.
누가 들길 밖에 나아가 잎 벗은 나무로 설 수 있을까
누가 無慾으로 저 山河의 一部가 될 수 있을까
하늘엔 추운 새 날고 마음엔 채찍질 잦아
이 겨울엔 아무래도 무너지고 말
적은 눈에도 자주 묻히던
오막살이 집 한 채.

慶山에서 잠 깨어

거짓 없는 것들만 내 곁에 남아 있다.
못가에 풀씨 흩어지는 늦은 가을날
고집 센 말들의 책장을 모두 덮어 버리고
귀 열어 산허리 싸리잎 져 내리는 소릴 들으며
싸늘해서 정다운 한 잔의 물을 마신다.
北向窓엔 오래 病症으로 시달린 바람이 일고
맨땅엔 알몸 부비는 정직한 가을 비가 먼저 내렸다.
가을 비 속에 따로따로 떨어져 선 통나무들은
흙에 피를 섞으며 모든 가지를 하늘 쪽으로 휘인다.
慶山에서 잠 깨어
자면서도 무릎에 토끼와 다람쥐를 키우는 산을 보면
잊고 있던 부끄러움이 머리를 든다.
數千의 버린 말 美辭麗句의 편지 구절 아끼고 깎은 구
두 값과 市稅들이 머리를 들면
송구하게 손때를 재떨이에 떨어 놓고
두어 번 성냥갑을 열었다 닫고
그러는 동안에 나무들은 눈에 뜨이지 않게 겨울 쪽으
로 가서 흔들렸다.
내가 大理石 건물을 나와 젖은 땅을 밟기 전에
어제와 다른 별빛이 깨어진 유리 조각을 비춰주었다.

가야 할 길 끝없어도

너무도 바쁘고 막막해서
발 밑에 밟히는 것이 모래인지 민들레인지
모르는 날도
비비새는 혼자서 산을 넘어 날고
쓰르라미는 듣는 이 없이 혼자 울었다.
빈 골에 채워지는 건 바람 소리와 물 소리뿐
그리운 것들은 아무것도 돌아와 주지 않았다.
가야 할 길 끝없어도 발길은 十里를 갈 수 없고
봄 지나 바라보면 찔레꽃만 길가에
무더기로 져 내렸다.

黃池의 눈보라

石炭을 캐며
오늘도 몇 사람 坑夫가 生을 버렸다.
마른 시금치 밭둑에서 쥐떼들 不吉한 豫感으로 서성이고
黃池의 산을 씻어내린 黃池의 물은
연탄빛으로 검다.
여러 사람이 그 완강한 生을 여기에 와 버려도
또 다른 여러 사람이 이곳에 몰려와서
황지는 市가 되고
사람이 몰려올수록
연탄은 더욱 地層 깊이 매몰되었다.
四方엔 눈 쌓인 寒帶의 산들
외곽지엔 새로운 삶을 시작하는
벽돌 반 木材 반의 새로 짓는 집들.
소리내어 우는 눈보라말고
느리게 도착했다 빨리 떠나는 荷物 열차말고
戰爭이여, 네가 이곳에 온들 무얼 뺏아 가겠느냐
저문 바람, 끝이 비틀린 산길
四月까지는 녹지 않을 저 검은 얼음장 외에
무얼 뺏아 가겠느냐.

족두리꽃이 지는 날

해질 무렵엔 굽은 산길이 더욱 또렷하다.
새들은 둥지마다 우아한 깃털을 놓친 채 돌아오고
바람이 불어서 慶山 일대가 오래 잠들지 못한다.
죽은 것들을 사랑하고 싶어서
이 세상에 없는 물을 마시고
흐르지 않는 실개천을 따라
족두리꽃 혼자 한 해의 아름다움을 지우는 산책길에
선다.
안 보이는 곳에서만 옷을 벗는
몇 개의 자갈돌들
지금은 풀더미에 묻힌, 농부가 쥐었던 따스한 돌에
구름할미새가 앉아 있다.
곳곳엔 밤이 내리고 새로 아침이 와도
기다리는 수요일은 오지 않는다.
무화과 뿌리가 반쯤 썩어가는 날
나는 비누를 풀어 세수를 하고
상한 치아를 뽑으러 치과에 간다.
움직이는 도시엔 새로운 가을이 채워지지 않고
어두운 골목엔 풀먹인 유행가만 흘러다닌다.

이상한 여름

이것이구나.
小白山脈에 자두씨가 떨어지고 여름이 시작되고
초가집들은 대추나무를 넘지 못하는 저녁 연기를
담 밖으로 밀어내고 있다.
짐승들은 모두 제집을 그리워하는 눈빛으로
한번쯤 소리내어 울고 하늘을 보고
그리고 저 혼자뿐인 집으로 돌아가 발을 꺾고 잠든다.
아무도 부르지 않는데 노래 혼자 굴참나무 가지를 흔
들어 놓고
떨어진 꽃잎 하나가 제 빛으로 지구를 물들인다.
귀가 어두운 족제비들은 냇물 소리를 듣지 못하고
어제의 냇물은 제 혼자 흘러가 바다에 닿는다
우리 마을엔 눕기 전에 오는 잠이 많고
들어도 즐겁지 않은 사랑 얘기가 많다.
구름을 보면 찢고 싶고 놀을 보면 불 지르고 싶다
오늘 밤도 옷 벗은 산들이 네가래풀잎을 지우며
누워 있다.

生家 1

이곳에 오면
西쪽 길이 잘 보인다.
무너진 다릿목도 보이고
다릿목에서 죽은
물새의 꿈도 보인다.

百年 전에 핀
안개꽃이 보이고
洞口 밖에 묻힌
흰 달빛도 보인다.

이곳에 오면
늙은 느티나무의 생애가
보이고
西쪽 길이 잘 보이고
가을에 우는 새의
그리움이 잘 보인다.

農路

들길은 아직 멀구나
살구꽃 죄다 져 떨기만 남았는데
흐르는 물길은 아직 멀구나

시린 바람 불어 봄은 가고
강물 불으면 초가 한 채 위태로운데
고속도로 나서 사람들은 빨리도 지나가는데
둑에 핀 패랭이꽃만 바람에 흩날리는데

아아, 저녁 연기는 아직 멀구나
산그늘에 묻혀 사립문은 삭아 가는데
흐르는 도랑물 소리 아무도 들어 주지 않는데
논귀에는 목메기만 슬피 우는데

작은 꽃

차고 슬프게
바람에 불리우는 풀꽃들
이 세상 누구도 그의 이름을 부른 적 없어
마을 아이도 이름을 알지 못하는
하이얗고 순한 작은 꽃.
바람이 분다. 별이 뜬다.
조약돌이 물에 씻긴다.
밤이 가고 싸늘한 이마의
아침이 온다.
소리쳐도 들어 줄 이 없어
안타까움으로 혼자 서 있는
언젠가 가본 듯한 시골驛 부근의
이슬에 젖어 있는 작은 꽃.

만촌동의 봄

주차장 가에 떨어진 쓰레기더미에도 봄은 오고 있다.
버려진 라면 껍질에도 햇살 담기고
흩어진 초콜릿 포장지에 떨어진 폐유도 무지개 빛으로
얼룩져 빛난다.
AID 아파트 굴뚝에는 殘雪처럼 피어나는 연기
말라 버린 코스모스 줄기가 바람에 소리 없이 꺾이고
있다.
불 꺼진 사무실 난로 가에서 햇볕 쬐며 잠든 고양이의
꿈이
놓쳐 버린 풍선처럼 유리창 안을 오르내리고
산을 깎아낸 공사장에는 人夫들이 여럿 깨어진 벽돌
위에 주저앉아
대통령 이야기와 석유값 이야기를 하고 있다.
色연필로 윤곽만 그려두고 싶은 조그마한
晩村洞의 봄 정경
서른을 넘으니 이 봄에도 마음 묻을 수 없구나
누가 와서 오전의 푸른 이야기를 끝없이 하겠느냐
돌아보면 마을에는 구김 많은 家業들만
愁心처럼 지붕 아래 잠들어 있다.

봄 잠으로 누워

바람 같은 것 먼지 같은 것 더불고 이 봄을 난다.
겨울에 말랐던 꽃들이 피어나는 논둑에
추위 타는 마른 쑥잎 터지는 소리
가다가 멈춰서서 깊은 생각에 잠기는 강물이 얼음
풀고
낱낱이 흩어지는 모래들이 제 모습 감추며
子의 얼굴을 씻어 내린다.
헐벗은 것을 많이도 모여 낯 가리고 우는 忍冬草
金으로 쏟아지는 눈부신 햇살 아래서
굴뚝새의 소문이 궁금해 혼자 산을 오른다.
생각하면 우리는 얼마나 無用한 일들에 腐心해 왔는가
반짝이는 銀貨와 부질없는 논리와
주말까지는 관습으로 걷는 半이나 닳은 구두창
어제 띄운 두어 줄 편지는 도착했는가
긋고 지운 부끄러운 말의 조각은 전해졌는가
걸레 조각 같은 데라도 손을 닦고
돌아돌아 보이는 마을을 두고 푸섶길 밟으면
忍從의 저녁 연기 두근거리며 山 아래 흩어진다.
너무도 많은 봄을 놓쳐 버린 들판을 보며

개울물 한 가닥 하늘로 띄워올리는
봄 잠 가운데 눕는 이 조그만 그리움.

농부의 잠

풀잎 말라 강으로 떠 흐르고 가던 길 끊어져
갈라진 햇빛 하나에도 잎새들은 황망하다.
놋쇠 괭이 부러진 톱날 툇마루 끝에 처박혀
일손 떨구고 베옷 기워 입고, 산길은 올해도 또 한 번
막혔다.
꺾인 가지 때리는 바람 모래 싣고 北으로 날아
霜降 立冬 바람들만 문풍지 찢어 놓고
썩은 흙 마른 모래에 살 섞는 씨앗들
씨앗들 어두운 귀에도 地上의 소문은 수상해
재재바른 쥐들은 고을을 빠져나가
農夫, 잠든 平和 위에 천정 먼지만 내렸다.
北쪽은 가지 꺾인 잎 벗은 대추나무
지게 물통 소쿠리 덕석
한겨울 눈 내리면 그런 것만 무사했다.

石岡里에서

팔이 건장한 겨울 男子들은
火爐 대신 괭이를 가슴에 안았다.
눈 쌓인 산들이 겨울엔 그리워
발등이 보이는 검정 고무신을 신고
박달나무 막대기를 끄을며 산을 오른다.
검은 바위들은 風雨에 갈라져 속을 보이고
해묵은 솔숲을 지나는 바람도
이젠 어지간히 숨이 차다.
全州 李氏 數十의 家戶들은
몇 개 주춧돌과 무덤만 남겨 놓고
모두 釜山과 大邱 等地로 흩어져 떠나고
지금은 말수가 적은 주름 많은 사람들이
겨울갈이를 끝내 놓고 落木 곁에 서 있다.
끊어질 듯 흐르는 개울물 소리 들으며
논보리들의 추운 發芽를 내려다보면
어디서 목 쉬어 산을 찢는
靑銅의 장끼 울음이 물소리 속에 섞인다
바람말고는 아무것도 움직임 없는
싸락눈과 초가 지붕과 정적의 石岡里.

오월에 들른 고향

오월에 들른 고향은
아카샤 꽃이 피고 있었고
한 잎 두 잎
지다 남은 복숭아꽃이 지고 있었다.
비둘기 울음이
뚜깔잎의 저녁 이슬을 떨고 있었고
서풍이 풀잎의 이른 잠을 깨우며
아랫마을에서 윗마을로
고개를 저으며 올라가고 있었다.

멀리 석양의 붉은 그늘 아래서
千년 전에 들었던
靑銅器가 깨지는 소리로
개가 짖고 있었고
마을 앞에는
포플라만이 키 큰 서양 사람처럼
활짝 滿開하고 있었다.

오월에 들른 고향

거기엔, 서툰 걸음마가 쓰러지기 잘하던
내 아이 적의 고통과
비 오면 자주 끊어지던
학교길의 도랑이 걸레처럼 구겨져
흐르고 있었다.

너와 함께

너와 앉으면 나는 항상 혼자가 된다.
오동잎에 떨어지는 빗방울도
모여서는 끝내 땅으로 떨어지고
밤을 지새워 울던 꾀꼬리 소리도
아침을 만나면
푸른 밀밭 속으로 사라진다.

등꽃이 하얗게 피는 밤에
달빛 아래 흔들리는 너의 목소리
그것은 태고로 부는 바람이
솔잎 사이를 스치는 맑은 소리며
울창한 솔잎을 뚫고 떨어지는
반짝이는 햇살의 금빛 얼굴이다.

뜰에 늦은 봄의 午睡가 내리고
우리들의 가장 조용한 시간에
찻잔에다 한 숟갈 午睡를 타면
찻잔에 부서지는 너의 흰 얼굴
바다에 너훌거리는 너의 속눈썹

너와 함께 茶卓에 앉으면
나는 항상 혼자가 되고
너는 먼 傳說 속의 사람이 된다.

제5부
장시, 비극(부분)

비극

1

걸어가라, 모든 지상의 것들, 돌들과 무덤들이 황홀해
질 때까지
모든 역설과 반어들이 금언이 될 때까지
조각 나고 무감동한 세계가 완성과 기쁨에 도달할 때
까지
해 지고 난 어둠 속에서도 마음의 빛으로
세상을 비출 수 있을 때까지

짐승은 맨발로 땅을 밟지만 사람은 구두를 신고 땅 위
를 걸어간다
맨발로 땅을 밟는 짐승은 비극을 모르고
구두를 신고 땅위를 걷는 사람은 비극을 안다

얼마만큼 더 걸어야 재앙들이 돌아와 복음이 될까
얼마나 더 기다려야 비극들이 돌아와 환희가 될까
뺨을 치고 뼈를 분질러 우리 덮은 어둠 벗겨낼 수 있
을 때까지

이미 나이 먹어 늙어 버린 비극이
우리 곁에 와 무릎을 꿇을 때까지
걸어가라, 우리 앞에 쌓인 어둠
새벽 안개 속에서 밝아질 때까지
여뀌풀 하나 베지 못하는 말의 칼이 드디어
이 세상 안고 가는 무거운 病 하나
저주 하나는 벨 수 있을 때까지

불을 지펴라, 가시 회초리로 어둠을 쳐서
어둠이 피를 흘릴 때까지
어둠에 기생한 비극이 순백의 알몸을 보일 때까지
초록이 영원하고 어둠이 단명한 것이 될 때까지
우리는 정신의 용광로에 불을 지펴야 한다

천 권의 책이 들판의 염소 한 마리를 살 찌우지 못하고
백만의 언어가 쓰러진 야만을 길들일 수 없다 해도
때가 되면 비극이 서슬을 죽이고
우리 곁에 공손히 잠들 수 있도록
우리는 추운 밭에 씨를 뿌려야 한다

언어의 씨, 시의 씨, 정신의 씨를 뿌려야 한다

봄바람이 잠든 땅을 깨우는 것은
관습 속에 잠든 우리의 무지를 깨우는 것이다
갈바람이 물든 잎을 지우는 것은
타성 속에 깃든 우리의 병을 깨우는 것이다

우리 삶의 釘이 되고 못이 되어 버린 비극의 정수리에
비수를 꽂은 사람 어디엔가 있다면
우리는 언 발을 비벼 뻘밭을 건너 그를 찾아가야 한다
우리의 아픔을 먼저 아파했던
남루 속에 정신의 불꽃을 담았던 그를 찾아가야 한다

2

너무 큰 나비는 이 들판에 살지 못한다
그가 앉을 무꽃과 장다리꽃은 없다
나무보다 큰 벌레는 숲에서 살지 못한다

사람들은 모두 제 발에 맞는 신발을 신고
세계를 건너간다

땅 끝에는 물러서지 않는 바다가
하늘에는 차원을 넘어다니는 구름이
시간에는 레일 없는 기차가
삶에는 액자 같은 운명이
피어나고 자라서 문학이 된다
잘라낼 수 없고 잘려지지 않는 삶의 파편들이
문학이 된다

참나무와 오동나무의 책상이 불빛에 빛날 때
문학은 잠들지 않는다
칠이 벗겨진 집들, 날로 커 가는 병원들과 감옥들
그 사이에서 살고 사랑하고 헤어지고 그리워하는 사
람들
병원과 시장에서 악을 만나고
성당과 교회에서도 선을 만나지 못한 사람들
그들을 위해 책상은 빛나고

삶에 대한 구토가 향유가 되는 과정을
삶의 고통이 보석이 되는 과정을 보여 주기 위해
문학의 붓은 불면의 밤을 맞는다

3

헤어지기 위해 만나는 사람들이 오늘 나이를 먹고
이별을 준비하고 사랑을 시작하는 제비꽃 같은
아이들이 길 위에 서 있다
질 때를 미리 알고 산에 들에 꽃들은 피어나고
죽음을 예비하고 태어난 사람들이
죽음을 잊고 거리 위에 서성인다

땅이 짐승을 위해 풀을 낳지 않았는데 짐승은 풀을 먹고
사람을 위해 짐승을 낳지 않았는데 사람들은 짐승을
먹는다
강한 것의 눈에는 약한 것은 먹이로밖에 보이지 않는다

그것이 비극의 출발이다

시위를 떠난 살처럼
비극은 도처에서 손을 내민다
그것은 병아리처럼 아장대고
상수리 잎처럼 사운대며
비둘기처럼 종종대고 봄바람처럼 소근대다가도
어언 장갑차처럼 난폭하고
사자처럼 포효하며 조용한 것들을 윽박지른다

절구공이가 바늘이 되는 각고의 과정이 문학이라면
죽음보다 강한 비극도 동풍처럼 맞을 준비에 게으를
수 없다

우리가 대지 위에 서까래를 붙이고 잠들 듯
대지가 우리 가슴 안에 잠드는 날이 올 때까지
우리는 모든 비극을 껴안아야 한다
비극을 모본단 이불처럼 껴안을 수 있는 날
그때 우리는 비로소 세계를 사랑한다고

말할 수 있으리라

왜 땅의 따뜻한 곳마다 오얏꽃 피는 봄날에
하늘에는 검은 독수리가 나는가
왜 햇볕 아래 사슴과 기린이 살고
숲속에는 늑대와 치타가 사는가

야욕을 가진 세계의 사내들이
땅을 넓히려고 군대를 파견하고
남의 땅에 제 백성을 심어도
땅은 한 번도 제 가슴을 넓히지 않고
바다는 제 품을 좁히지 않았다

죄마저도 사랑하고 싶은 날들을
누가 저 아닌 다른 사람이 살아 줄 것인가
짓밟힌 세월에도 아픈 다리를 끌며 시대를 밀고 간 사
람들
그들의 이마 위에 찍힌 도끼 자국
벗어 던진 신발 속에 남은 잔광을

우리는 내의처럼 사랑해야 한다
그때의 꽃빛은 지금의 꽃빛이지만
그때의 빗방울 간 데 없고
슬픔에 젖은 뼈 삭아 흙이 된 지금

4

내 눈썹 하나 뽑아 태산을 만들 기상 있다면
머리카락 하나 뽑아 구름장 같은 비극 막을 수 있겠다
이슬 한 방울 손에 받아 바다를 만들 수 있다면
눈물 한 방울로 억조창생 목마름을 적시는
감로수를 마련하겠다

붓으로 그린 비극은 만인의 것이 되지만
제 삶에 내린 비극은 저만의 것이다
사람들은 붓으로 그린 비극을 보러 극장을 가지만
제 삶에 내린 비극은 가시 울타리를 친다
빗장을 쳐도 몰려오는 비극을 막기 위해

쇠와 못 대신 볼펜으로 시인은 비극과 맞선다

시는 聖人을 향하지 않는다
악인에게도 탕아에게도 시는 마음을 연다
멸망에서도 아름다움을 느낄 수 있는 사람이 시인이다
법률은 감옥을 낳았지만 시는 감옥을 만들지 않는다
삶이 감옥일 때 어디에 또 다시 감옥을 만들 것인가

윤리는 가장 값싼 헌옷 같은 것
도덕은 은밀한 파괴 본능
어디에고 우리에게 만족을 줄 수 없는 세계와 인생
구토의 윤리와 절교의 도덕에서
안개꽃처럼 얼굴 숨기고 시인은 시를 쓴다

5

식민의 땅에서 눈물의 밥을 먹고
한의 술잔을 기울인 先人을 기억하라

괴로움을 잊기 위해서가 아니라
괴로움과 함께 걸어갔던 시인을
윤리가 아니라 윤리보다 더 아름다운 독약을 먹고 잠든
시인의 뒷모습이
잠들기 전까지 우리의 등을 후려치는 채찍임을 기억
하라

나무와 꽃들의 무관심이 슬퍼도
나무와 꽃들과 시내와 하늘을 노래한 시인은
아름답다
짧게 살아 긴 여운을 남긴 시인의 뒷모습을 바라보는
것은
아름답다
혼자 건너간 獨木橋는 이미 둥치마저 썩어
억새 쇠뜨기 우거진 잎새 헤쳐도 그를 따라갈 길은
끊어지고 없다

영원히 우리 가슴에 소년으로 남아
반딧불처럼 우리의 망막에 반짝이는 시인은,

모든 사람들이 비극의 바깥에서 비극을 밀어내도
스스로 비극의 주인이 된 시인은 얼마나 아름다운가

가장 선한 사람에게 죄를 내린 판관과
가장 선한 사람이 죄인이 되는 모순의 세계에서
판관과 죄인은 왜 같은 시각에 밥 먹고
같은 시각에 잠자는가를
왜 죄인의 눈에서 그가 머지않아 천사가 되리라는
기미를 읽은 판관은 없는가를
말하지 않고 떠난 시인이 있을 때
이제 아무도 제것으로 하지 않는 비극이
우리의 것이 된다.
그랬을 때 비극은 수반 위에 놓인
한 송이 꽃이 된다

6

두번째 읽어도 아름다운 시는 참말 아름다운 시다

말이 평화를 만들고 말이 金이 되는 것을
보는 것은 기쁨이다
정직한 기계가 우리에게 감동을 줄 수 없는 날
위악의 언어들이 차라리 감동을 주는 날이 있다
그 성성한 이빨로도 지구를 삼키지 못해
끝없는 파도를 뭍으로 밀어 보내는 바다 곁에서
거친 시대를 끌어안은 시인의 격정을
또한 우리는 읽으면서

그렇게 많은 삽질 괭이질에도 화내지 않는 땅 위에
사람들은 집을 짓고
등기소에 가 제 이름을 올려 등기를 한다
그러나 등기소에 가 제 이름을 올릴 땅이 없는 시인은
시 한 줄 써서 시집에 넣는다
그것만이 그의 기쁨이요 그의 재산이다
장티프스 같은 것, 호열자 같은 것
그 끈끈한 정사 같은 것을 사랑하고
바닥 모를 폐허를 사랑할 줄 아는 사람이 시인이다
밑 모를 고통 속으로

그 비극의 심장을 향해 걸어간 사람들
칠흑 어둠 속일수록 빛은 더 먼 곳을 비춘다
생명은 캄캄한 어둠 속에서 잉태되고
더 광활한 세계에 닿기 위해 빛은 어둠의 표피를 뚫고
나간다
얼음 속에 묻혀서도 분홍빛 봄을 키워 온 球根들의
열의를 보라
낱낱이 떼어 놓으면 실밥 하나도 덮지 못하는 눈송이가
살을 맞대고 몸을 부벼 천지를 뒤덮는 장엄을 보라

대지는 제 굳게 잠긴 대문을 두드리는 자를 친구로 한다
겨울이 아무리 완강해도 가슴에 불을 지닌 사람에게는
단추를 따고 옷섶을 열어 준다
땅 깊이 삽을 꽂아 보지 않은 사람은
죽어서 제 관을 땅 속에 묻을 수 없다

아무리 쌀을 빼앗고 말을 빼앗은 나라라도
흰 시내 검은 흙까지 빼앗아 가지는 못한다
이 땅의 조와 수수, 이 땅의 강과 하늘을 노래한

시인의 노래는 메아리로 남고
한때 빛나던 총과 칼은 녹슬어
먼지가 된 지금

7

인간이 입을 열어 맨 처음 터뜨린 말은 무엇일까
인간이 지상에 최초로 지은 집은 어떤 집일까
누가 처음으로 어진 마을과 들길에 이름을 붙였을까
누가 산과 강, 새와 나무에
그 빛깔과 향기에 알맞은 이름을 붙였을까

내가 이름 불러도 흘러간 물은 돌아오지 않고
내가 옷섶으로 막아도 불어가는 바람은 멎지 않는다
이 세상 마지막 날 나는 누구의 손을 잡고
땅 끝으로 걸어가야 하나
죽음이 있고 비극이 있는 세계의 어두운 길 위를
나는 누구의 이름 부르며 걸어가야 하나

시인이여, 너는 겨울에 얼어 죽는 볍씨를 뿌리지 말고
겨울에도 얼지 않는 시의 씨를 뿌려라
문학이 병든 사람들의 폐 속으로 들어가
상처를 씻는 공기이기 위해서는
문학이 가난하고 슬픈 사람들의 체온을 데우는
햇볕이 되기 위해서는
언제나 급하기만 한 철부지의 사랑이 아니라
고뇌와 사색의 뒤에 오는 깨달음
멀고 험한 항해 뒤에 오는 휴식이어야 한다

이제 나는 살을 찢고 뼈를 깎는 아픔 위에서
흙에 묻히면 씨앗이 되고
움 돋으면 마침내 열매에 이르는
정신을 쓰고 싶다
가슴에 닿으면 인간의 숨소리가 되고
땅에 떨어지면 인간의 신발 소리가 되는 마음을
비극을 살라 먹고 이글이글 타오르는 해 같은 정신을
시로 쓰고 싶다

이 세상에 존재하는 마지막 동물
손으로는 마천루를 짓고 몸으로는 자식을 키우고
호미로는 씨앗을 묻고 머리로는 우주를 창조하는
지상의 마지막 동물, 인간을 위하여
인간의 식탁과 잠자리 위에 비극이 몸을 줄이게 하기
위해
잉크가 말라 버린 볼펜을 갈아
나비와 꿀벌들, 살아 있는 작은 생명들의 숨소리를
모아
이슬 같은 시 한 줄, 오늘도 쓴다.

자연 소재와 독특한 정서

김우창

이기철의 시는, 요즘 나오는 수많은 시집들 가운데, 단연코 무리에서 빼어나는 뚜렷한 시적 업적을 나타낸다.

말이 많은 것이 사람 세상이고, 요즘은 특히 그러하지만, 대부분의 말들을 우리는 듣고 잊어버린다. 시들도 마찬가지다. 시체말의 홍수 속에서, 이기철은 시를 흩어져가는 다른 말들과 우리의 귀를 바짝 트이게 한다.

이기철은 자연을 말하는 시인이다. 그 동안의 시에서 그는 우직할 정도로 자연과 농촌적인 삶에 집착하고 거기에서 삶과 시의 가치를 얻어내려고 하였다. 농촌이 사라지려 하고 또 농촌과 자연에 기초한 삶의 정서와 가치가 사라져 가는 시대에 이것은 칭찬할 만한 일이었다. 또 자연을 벗어난 삶이, 특히 환경 파괴라는 형태로, 위협적인 상황으로 되돌아오는 오늘에 있어서 그것은 더욱 필요한 일이 되었다. 자연과 자연 속의 삶에 대한 노래는 상투적인 것이 될 수도 있지만 이기철의 시는 그러한 상투성을 밀어내고 시를 생기

있게 하는 힘이 있고 노력이 있다. 그의 시에는 그런 고집스러움이 있다. 나는 그것이 이기철 개인의 깨달음과 성실성에 이어져 있는 것이라는 것을 느낀다. 그의 시들을 읽어 보면, 그의 자연을 노래하는 시들이 단순한 귀거래사나 상투적 풍류 혹은 은사(隱士)풍의 흉내가 아님이 분명해진다.

이기철은 자연과 풍물을 그린다. 많은 자연 시인의 경우에 풍물보다는 자연의 교훈이 더 강한 것이 되지만, 이기철의 경우도 자연의 의미는 풍물의 구체적인 시적 포착보다는, 그것이 암시하는 삶의 방식, 그것의 도덕적 교훈에 비중을 둔 것이 많은 듯 보인다. 많은 경우, 자연의 교훈은 비교적 간단하다. 도시의 턱없이 부풀어오른 욕망을 줄이거나 없애고 자연의 은혜와 한계 속에 안분지족하라는 것이다. 이기철 시의 교훈도 크게는 그러한 범주에 든다 하겠지만, 그리고 그것은 오늘날 같은 과장된 욕망의 시대, 물질만이 아니라 정신적 야심에 있어서, 정치와 역사에 대한 기대에 있어서, 부풀기만 한 욕망의 시대에 필요한 반대 명제이지만, 이기철의 시적 업적은 더 많이는, 이러한 교훈의 필요를 충당해 주는 외에, 그것을 자신의 관찰로서 새로운 체험이 되게 한다는 데 있다.

> 얼마를 더 살면 여름을 떼어다가 가을에 붙여도
> 아프지 않을 흰 구름 같은 무심을 배우랴
> 내 잠시 눈빛 주면 웃는 꽃들과
> 잠 깨어 이마 빛내는 돌들 곁에서
> 지금은 햇빛이 댕기보다 곱던 꽃들을 데리고 어둠 속으로 돌
> 아가는 시간

絶緣의 아름다움을 나는 여기서 본다

짐을 내려놓아라, 이제 물의 몸이 잠시 쉬어야 한다
나를 따라 오느라 발이여 너 고생했다
내일 나는 너에게 새 구두를 사 주지 않으리
너는 내 육신의 명령을 거역한 일 없으므로

그러나 나는 가야 한다. 한 번의 가을도 거짓으로 꽃피운 일
없는 들을 지나
작은 물줄기가 흐름을 시작하는 산을 지나
아직도 정신의 열대인 내 가혹한 시간 속으로
나는 가야 한다.

내 발 닿는 길 지상의 한 뼘밖에 안 돼
배추벌레 기어간 葉脈에 불과해도
내 불러야 할 즈믄 개의 이름들과 목숨들을 위해
藥든 가슴으로 가야 한다

얼마를 더 가면 제 잎을 잘라 가슴에 꽂아도
소리하지 않는 풀들의 무심을 배우랴
———「地上의 길」전문

이것은 가을의 애수와 무상, 그리고 이러한 인간의 정감
에 무관한 자연의 초연함을 말한 것으로 크게 보면 전통적
인 자연의 정서를 읊은 것이지만 시에 담긴 정서는 남이 쉬
이 흉내낼 수 없는, 이기철 고유의 것이다. 그러니만큼 그
것은 얻어온 것이 아니라 스스로 발견한 느낌과 깨우침이다.

시적인 소재로서 자연의 정서 문제는 그것이 너무 일반적인 것이 되기 쉽다는 데 있다. 그러나 위의 구절에서 보듯이, 전통적 정서도 이기철의 개인적인 지각의 예리함 속에 함입되면 새로운 구체성을 얻는 것이다.

그의 시에는 보다 구체적이고 날카로운 관찰들이 들어 있다.

나는 불행을 감금시킬 빗장이 없다
불행은 오래 산 내 몸을 만나면
여름 벌떼처럼 날개 치며 잉잉댄다

배춧잎과 쌀의 혼숙인 나의 살
이불을 덮어 주어도 추위 타는 정신의 임자몸인
내 육신 속으로
가끔은 발을 구르며 지나가는 불행이 보인다

윤기나는 저녁의 나무들을 거쳐
검은 밤 속으로 흰 살을 빛내며 걸어가는
아직 처녀인 추억이여

이제 다 왔다. 그곳에 너의 닳은 신발을 묻어라
떠도는 빗방울에도 생애의 반쪽이 젖어
이 추위 다 가릴 수 있는 이불이 없다

노동과 치욕을 비벼 먹은 밥들이
살이 되는 나날을 뒤로 하고
내가 걸어가야 하는 뭍은 어디인가

한 볏단도 땀 없이는 거둘 수 없음을
가을은 물든 잎을 보내 나에게 가르친다
누가 경전에서 깨우치겠는가
쟁반에 담기는 밥상 위의 김치가
삶을 가르치는 책장인 것을
　　　　　　──「불행도 더러 이웃이 되어」 전문

　이기철의 자연 예찬에 개성적 뼈대를 주고 있는 것은 이러한 감각적이면서 동시에 지적인 인식을 버리지 않은 관찰이다. 그리고 이것은 어디까지나 주어진 삶의 현실에 즉해 있는 관찰이다. 그에게 인간 현실에 대한, 또 오늘의 현실에 대한 보다 넓고 깊은 감각이 있었으면 좋겠다는 바람을 가진 독자가 있겠지만, 이기철의 자연송이 일반적인 정서 환기를 넘어 예리한 구체성을 가지고 있는 것은 그것만으로도 그의 현실 감각의 독특함을 보여주는 것이다. 최근의 시들 가운데서 이기철의 시만큼 자연과 삶에 대하여 구체적이고 신선한 느낌과 관찰을 많이 거두어 들이고 있는 시를 달리 찾기는 쉽지 않은 일일 것이다.

　경박한 재치를 시적 언어로 착각하는 실험적 언어가 이기철의 기질에 맞는 것은 아닐 것이다. 그러나 시의 언어는 단순히 요지를 전달하는 매체에 그치는 것은 아니다. 우리는 시의 언어에서 삶의 긴장, 그리고 긴장 속에서 이루어지는 지각과 감정과 인식과 도덕의 선택을 느끼기를 원한다. 그리하여 우리는 선택의 좁은 필요성을 알면서도 삶의 넓은 가능성들을 좁은 선택 속에 보존하게 되기를 바라는 것이다. 이것은 다시 말하여 시적 언어의 긴장으로 암시된다.

우리는 이기철이 조금 더 그러한 긴장을 전달할 수 있는 형
식적 실험을 필요로 하는 것이 아닌가 생각해 본다. 그의
주제가 적극적 에너지의 삶보다는 에너지의 소극적 보존을
축으로 하는 삶인 만큼 이러한 형식적 탐색은 더욱 중요한
것이 아닌가 한다.

　이기철이 이제 중요한 시를 우리에게 남겨주게 될 시인으
로 등장한 것임에는 틀림이 없다.

(필자: 고려대 교수, 문학평론가)

연보

1943년   경남 거창 출생
1961년   이후 영남대 문리대 국문과 및 동 대학원 졸업
1972년   「鄕歌詩」, 「오월에 들른 고향」 등으로 《현대문학》
          추천 완료
1974년   첫 시집 『낱말 추적』 출간
1976년   동인지 《自由詩》로 동인 활동
1982년   두번째 시집 『청산행』 출간. 이후 세번째 시집 『전
          쟁과 평화』, 네번째 시집 우수의 이불을 덮고』, 다
          섯번째 시집 『내 사랑은 해 지는 영토에』, 여섯번
          째 시집 『시민일기』, 일곱번째 시집 『地上에서 부
          르고 싶은 노래』, 여덟번째 시집 『熱河를 향하여』
          출간
1986년   이후 저서 『詩學』, 『문예창작』, 『작가연구의 실
          천』, 『분단기 문학사의 시각』, 『근대 인물 한국
          사, 이상화』 등 출간
1986년   대구 문학상 수상
1990년   시론집 『시를 찾아서』 출간
1993년   김수영 문학상 수상
1994년   자전 소설 『땅 위의 날들』 출간
1995년   한 해 동안 미국에 거주하면서 휘트먼, 포, 펄벅,
          헤밍웨이, 호손, 롱펠로 등의 유적기 탐방
1997년   1980년 이후 현재까지 영남대학교 국문과 교수

후기

『청산행』은 내 시의 총화이다. 두번째 시집이 『청산행』이면서 시선집이 『청산행』이므로 나는 『청산행』과 더불어 살아왔고 『청산행』 속에서 시를 가꾸어온 셈이다.

이 시선집 『청산행』 속에는 내가 등단한 후의 시, 총 8권의 시집, 300여 편의 시 가운데서 78편의 시가 선택되어 있다. 그러니까 등단 후 스물여섯 해 동안의 시 가운데서 비교적 제 목소리를 지닌 시들이 이 시선집에 수록되어 있다고 해도 되겠다. 내가 시를 쓰면서 지나온 스물여섯 해, 그동안에 세상은 달라졌고 인사도 많이 변했다. 시단의 분위기와 취향도 한동안 산을 떠나 인사를 전전하는가 싶더니 또 어느새 산으로 돌아온 듯하다. 다른 사람들이 산을 떠났다가 다시 산으로 돌아오는 동안, 청산에만 매달려 있었으니 내 걸음이란 그만큼 더디었던 것인가? 그러나 나는 뛰어가는 사람들이 빠뜨린 부분, 달려가는 사람들이 놓친 미세하고 작은 부분을 낙수처럼 주우며 거기에도 놓쳐서는 안될 생명이 있음을 노래해 왔다. 그러기에 나는 뜨겁거나 차

가운 시 대신에 따뜻하고 온유한 시를 내 것으로 택해 왔다.

「유리(琉璃)의 나날」 연작들은 지금 내가 매달려 있는 작품들이지만 아직 그 일부만 발표되어 여기에 수록하지 못함이 유감이다. 때가 되면 이 작품들도 함께 실을 수 있게 되기를 바란다.

시는 나의 얼굴이자 나의 종교이다. 그러기에 나는 완성이 없는 시의 길을 내 생애의 반려로 하면서 걸어간다.

내 앞에 남은 날들이여, 햇빛 많이 쏟아져라.

오늘의 시인 총서 19

청산행

1판 1쇄 펴냄 1982년 10월 30일
1판 4쇄 펴냄 1997년 7월 30일
2판 1쇄 펴냄 1995년 5월 10일
2판 3쇄 펴냄 2010년 3월 2일

지은이 이기철
발행인 박근섭, 박상준
편집인 장은수
펴낸곳 (주)민음사

출판등록 1966. 5. 19. 제16-490호
(135-887) 서울시 강남구 신사동 506 강남출판문화센터 5층
대표전화 515-2000 팩시밀리 515-2007
www.minumsa.com

ⓒ 이기철, 1982. Printed in Seoul, Korea

ISBN 978-89-374-0619-5 04810
ISBN 978-89-374-0600-3(세트)